SV

Band 1079 der Bibliothek Suhrkamp

Max Dauthendey
Lingam

Zwölf asiatische Novellen
Mit einem Nachwort von
Hans Christoph Buch

Suhrkamp Verlag

Die Erstausgabe erschien 1909 im Verlag
Albert Langen, München.

Erste Auflage 1991
Suhrkamp Verlag Frankfurt am Main

Satz: MZ-Verlagsdruckerei GmbH, Memmingen
Druck: Nomos Verlagsgesellschaft, Baden-Baden
Printed in Germany

INHALT

LINGAM

Ich drehe in meiner Hand einen kleinen Kupfernapf mit breitem Rand, der im Licht rötlich blitzt. Der kleine Napf ist winziger als ein Eierbecher und darin ist, halb hineingesteckt, ein schwarzes Marmorei. Das Ei ist unscheinbarer als ein Taubenei. Das schwarze Ei in dem kupfernen Eierbecher, beide stellen zusammen ein Lingam dar, das indische Symbol geschlechtlicher Vereinigung, das heiligste Liebessymbol und Symbol des ewigen Lebens.

Wenn ich das Lingam betrachte, sehe ich vor mir deutlich eine der engsten Tempelgassen in Benares, wo ich in einer Lingambude das kleine schwarze Steinei im Kupferbecher kaufte. Die Pflastersteine der dunkeln schmalen Gasse sind glitschig und fettig von den Füßen der tausend Pilger, die dort jeden Morgen zum Sonnenaufgang, heute noch wie vor tausend Jahren, in langen Zügen mit Trommeln und Pfeifen vom Tempel des heiligen schwarzen Stieres, vorbei am Tempel der weißen heiligen Kühe, hinunter zum heiligen Gangesstrom ziehen. Zu beiden Seiten der höhlenartigen Gasse sind Öffnungen in den Hauswänden. Da stehen auf hölzernen Tischen zu Hunderten die Lingams in allen Größen zum Verkauf. Die Tische scheinen schwarz von den schwarzen Marmoreiern, die in rötlichen kupfernen oder weißen marmornen Näpfen stecken.

Man sagt, der höchste Gott Rama ging eines Abends zum Ganges und traf dort ein schönes fremdes Weib, das Wasser schöpfte. Sein Herz begann sich für das schöne Weib zu erregen, und er näherte sich ihm und liebkoste es. Das Weib, von der Gewalt des obersten Gottes erschüttert,

legte sich in den Sand und zog den Gott in seinen Schoß, und beide vereinten sich in süßer Liebesumarmung.
Aber die Gemahlin Ramas, von Unruhe getrieben, folgte den Fußspuren ihres Gemahles im Ganges-Sand, und als sie den ungetreuen Mann mit einem fremden Weibe vereinigt fand, hob sie heimlich das Schwert, das Rama neben sich gelegt hatte, und holte zu einem Hiebe aus, der den Gott von dem Weibe trennte, so daß das göttliche Glied in dem Schoße des Weibes zurückblieb.
Aber das abgehauene Glied Ramas befruchtete noch die Frau, aus deren Schoß neue Götter, ein neues Menschengeschlecht, ein neues Tier- und Pflanzenreich entstanden. Alle die von dem Gott und dem Weib Erzeugten lieben sich jetzt ewig und müssen sich ewig unter dem Symbol des Lingam weiterzeugen.
Damit Mann und Frau nicht vergessen sollen, daß sie zur herzlichen sinnlichen Vereinigung auf die Welt gekommen sind, wird ihnen in allen Tempeln und in allen Häusern, und von klein auf, das Symbol des Lingam in tausend Formen immer wieder vor die Augen gestellt, in Bild und Rede.
Denn die Menschen sind vergeßlich und unwissend, und alles muß ihnen immer wieder gelehrt werden, auch die Liebe – das bedenke, o Mensch.

DALAR RÄCHT SICH

Die Frau des Dalar stand an einer Straßenpumpe in einer der Eingeborenenstraßen von Bombay. Sie drehte den Hahn auf und hielt den Kopf ihres sechsjährigen Knaben darunter und wusch ihn mit den Händen.
Es ist morgens sieben Uhr, und die Straße wimmelt von Indiern, die wie nackte Rudel Rotwild aneinander vorüber eilen. Ziegenherden und Scharen von Truthühnern treiben neben zweiräderigen hohen Lastkarren über das Pflaster. Indier sitzen am Trottoirrand, lassen sich rasieren, ihre Ohren reinigen und ihren Leib massieren. Die Straßenfriseure mit dem Toilettenwerkzeug im Gürtel, und bis auf Gürtel und Turban unbekleidet, hocken neben ihrer Kundschaft am Trottoirrand.
Die Frau des Dalar hatte ihrem Knaben das schwarze Haar blank gestrichen, daß sein Kopf wie der Lackschuh eines Europäers glänzte. Sie öffnete jetzt ihr eigenes Haar und hielt ihren Kopf unter die Straßenpumpe; sie ließ den Wasserstrahl wie einen Glaskolben aufschlagen, und das Wasser zerplatzte weit im Kreise.
Ein Zebukalb, ein wilder Hund und ein paar Truthühner, die sich um die Pumpe tummelten, kamen herbei und schlürften die Wassertropfen auf. Die zwei indischen Arbeiter in Dalars offener Schneiderbude, welche Turbanbänder und Schleier auf englischen Nähmaschinen säumten, lachten über den spritzenden Wasserstrahl, und Oliman, der eine der Gehilfen, rief der Frau des Dalar den Brahmanenspruch zu: »Elida, nimm dein Haupt in Acht, daß es nicht zu Wasser wird unter der Quelle.«

Elida, die Frau des Dalar, antwortet ihm nicht.
Sie schickte aber, als sie ihr schwarzes Haar ausrang und sich aufrichtete, mit der Wimper zuckend den Knaben zu dem, der gesprochen hatte. Oliman legte seine Hand eine Sekunde auf das frische schwarze Haar des Knaben, murmelte ein Gebet über ihn und ließ ihn wieder gehen. Dann beugte er sich demütig und scheu über seine Nähmaschine, ließ Öl aus der Kanne in die Räder tropfen und nähte weiter.
Jedesmal, wenn die Frau ihr Haar an der Pumpe vor dem Laden ihres Mannes wusch, geschah es, daß sie das Kind zu Oliman schickte und dieser ein Gebet über den Knaben sprach; das geschah jeden Morgen, seitdem der Knabe laufen konnte.
Niemand in der Straße dachte darüber nach, warum Oliman den Knaben jeden Morgen segnete. Aber Dalar, der Besitzer der Nähmaschinen, saß jetzt tagelang drüben beim Silberschmied an der Ecke und dachte nach. Er ließ seine Wasserpfeife oft ausgehen, zündete sie wieder an und dachte weiter. Dalar konnte quer über das Gewühl der Zebukarren und über das Gerenne des Bazarvolkes und heimlich über die Schulter seines Freundes, des Silberschmiedes, hinweg seinen Laden beobachten, seine Nähmaschinen, sein Weib an der Pumpe, den Knaben und Oliman.
An diesem Morgen, als die Frau mit dem Kind ins Haus gegangen war, wischte sich Dalar mit der Handfläche den Schweiß von der Stirne, stand auf, schlüpfte mit den Füßen in seine Pantoffel und ging finster in Gedanken fort in das Straßengewühl. Im Geschäftsgetriebe bemerkte niemand bei dem Silberschmied, daß Dalar verschwand. Dalar ging, bis er in eine Gasse vor eine Zeltbude kam.

Vor dem Zeltvorhang saß die rächende Göttin Kali, die Vielarmige, aus Holz geschnitzt. Drinnen im Zelt sind die rächenden Todesgötter der Indier aufgestellt, die bei Prozessionen an Festtagen durch die Straßen getragen werden. Vor dem Zelteingang neben der Göttin steht ein großer Blechkasten als Opferstock. Dalar warf ein Silberstück hinein und wünschte sich einen rächenden Gedanken. Er starrte dabei finster auf die hölzerne schwarze Gestalt der Göttin Kali, die auf einem zitronengelben Tiger sitzt, welchem statt Menschenblut rote Ölfarbe um das Maul gemalt ist. Die vielen schwarzen Arme der Göttin schwingen vergiftete Dolche, vergiftete Säbel und vergiftete Speere; sie hält ein ganzes Arsenal blitzender Waffen in die Luft. Alles Straßenvolk geht grüßend an ihr vorüber, und aller Indier Augen blitzen für eine Sekunde beim Gruß, wie Raketen in der Nacht. Dalar verbeugte sich dreimal und klatschte in die Hände, um die Aufmerksamkeit der schwarzen Göttin zu erwecken. – Daß ihn sein Weib Elida mit Oliman betrogen hatte, wußte er jetzt, denn er sah es deutlich an dem Kind, welches Oliman täglich ähnlicher wurde. Heute hatte er endlich beschlossen, sich an Elida zu rächen.

Dalar trat in die staubige Tempelbude, um sich einen Tod für sein Weib auszusuchen.

Lange Reihen hölzerner, rot, gelb und grün gemalter Puppen standen drinnen unter dem grauen Zelttuch auf langen Tischen. Da waren Menschen an Marterpfähle gebunden, mit brennenden Pfeilen gespickt; englische Soldaten, welche vom wütenden Elefantengott zerstampft wurden; die Göttin Kali auf unzähligen Tigergestalten, auf roten und schwarzen Tigern, Feuer und Pest darstellend; der blaue Affengott, der die Menschenaugen irrsinnig macht mit sei-

nen Grimassen und Verrenkungen. Es wurden Menschen von der Rachegöttin zu Tode gepeitscht, der Tiger hielt Verzweifelte in seinen Tatzen und riß ihnen die Gedärme aus der Bauchhöhle. Der gelbe Tigergott hatte grüne Glaskugeln als Augen und echte, heilige, zornige Tigerkrallen. Jede mögliche Folter und jeder schrecklichste Tod hatte sein Bild hier. Um das vergossene Blut zu schildern, war an den plastischen Figurengruppen nicht mit Scharlachfarbe, Purpur und Rötel gespart.
Dalar grübelte. Seine Augen liebkosten die rotgemalten Folterqualen, als stünde er vor den Blumenbeeten in den Gärten des Paradieses. Aber als er die langen Reihen zweimal auf und ab gegangen war und alle Todesschmerzen am eigenen Leibe nachgefühlt hatte, fand er unter allen grausamen Todesarten keinen Tod grausam genug für sein Weib. Nicht den roten Tod, das Feuer, das den Menschen zernagen konnte; nicht den schwarzen Tod, die Pest, mit ihren schwarzen Beulen; nicht den blauen Tod, den Wahnsinn, mit seinen verrenkten Grimassen; nicht den gelben Tod, den Tigerhunger, mit den eigenen Därmen im Maul; den Tod, den Dalar für Elida suchte, fand er nicht unter den dreihundertsechzig Todesarten.
Wie von der Göttin gekränkt, wollte Dalar schon die graue Tempelbude verlassen. Da – unter dem Zeltausgang, blieb sein Turban an einem rostigen Nagel hängen, das Turbantuch schlitzte auf, und Dalars ganzer Geldvorrat, den er, wie alle ärmeren Orientalen, stets in den Turban gewickelt trug, rollte in hundert Silbermünzen über Schultern, Rücken und Brust zu ihm herab, auf die Erde, der vielarmigen Göttin Kali zu Füßen.
Dalar sah und horchte erstaunt auf die klingenden Münzen, als hörte er jedes Silberstück sprechen.

Erleuchtet von einem plötzlichen Gedanken, beugte er sich dreimal tief und ehrfürchtig vor dem Götterbild, verließ dann das Zelt und ließ sein ganzes Geld hinter sich bei der rächenden Göttin liegen.
»Die Göttin Kali hat gesprochen!«
»Den grauen Tod, die Armut wünscht dir die Göttin Kali, Elida!« Und Dalar nickte ernst und zustimmend, dann verschwand er im Straßengewühl. –
Tief in der Nacht, als die grellen Tropensternbilder wie Stachelzäune über den Häusern standen, schlich Dalar an seine Haustür und malte mit ein wenig Indigofarbe einen blauen Kreis an den Türpfosten, zum Zeichen, daß einer im Haus gestorben sei. Dann ging der Mann weiter durch die Nacht. Sein Weib würde am nächsten Morgen glauben, er wäre an der Türschwelle umgefallen und von der englischen Nachtpatrouille als pestverdächtig in die Baracken fortgetragen worden. Der Offizier der Patrouille hätte dann, wie gewöhnlich, das blaue Zeichen lakonisch an die Tür gemalt.
Dalar wanderte unter den Ketten der schweren Sterne durch die Nacht. Morgen war der Monatsanfang, an dem die beiden Nähmaschinen den unerbittlichen englischen Fabrikanten bezahlt werden mußten; morgen war der Monatsanfang, an dem die Hauspacht entrichtet werden mußte. Die armseligen feigen Ladengehilfen konnten Elida nichts nützen. Morgen mußte Oliman sich eine andere Stelle suchen, morgen mußte Elida mit ihrem Knaben betteln gehen.
Dalar schritt unter dem Steingewichte der Sterne durch die Nacht, und ihm war, als hätte er alle Arme der Göttin Kali am Leibe, so glücklich fühlte er sich. Er rächte sich tief mit allen göttlichen Armen der Rache.

Dalar wanderte in dieser Nacht, reich wie die Finsternis, als Pilger zu dem Berg Abu, um ein Jaïn zu werden. Die Jaïns leben dort am Berge nackt und sprechen dem Weibe jede Seele ab.

DER ZAUBERER WALAI

Walai war Straßenzauberer in Bombay. Er saß nachmittags vor dem Taj-Mahalhotel auf dem Pflaster des Quais, mit seinen Körben, seinem neunjährigen Knaben, einem roten Tuch, einem Stockdegen und einer Handtrommel. Hinter seinem Rücken lag der indische Ozean, die heiße, unendliche Wasserwüste. Über Walais gelbem Turban stand die indische Sonne wie die offene Feuerluke eines Hochglutofens. Vor ihm das Hotel aus weißem Granit, acht Stock hoch, mit offenen Granitloggien, darin Hunderte von englischen Reisenden aus Europa und aus dem indischen Reich, die Hallen und Galerien füllten.

Walai ließ die Trommel bullern. Sein Knabe mußte sich dann in einen Korb legen. Über ihn schlug Walai das rote Tuch, schloß den Korbdeckel und zählte laut auf englisch: One – two – three! Dann stieß der Zauberer den Stockdegen bis ans Heft in den Korb, lachte grinsend und sah mit seinen horngelben Augäpfeln und seinem kaffeebraunen Gesicht über die acht Stockwerke des Hotels hinauf und hinunter. Er blähte die Nasenlöcher, rief: Hee!, hob den Korbdeckel, lüftete das rote Tuch und zeigte dem ganzen Hotel, daß der Korb leer war. Um ein übriges zu tun, sprang er selbst mit beiden nackten Füßen in den Korb hinein und stampfte darinnen herum und rief: Hee, hee! und schwenkte in der einen Hand den Stockdegen, in der andern das rote Tuch in die Luft. Das rote Tuch hatte die Farbe von blutigem Fleisch und flatterte wie bluttriefend vor dem überhitzten, silbergrauen Tropenhimmel.

Die weißgekleideten Ladies und die weißgekleideten

Gentlemen, die nach dem Lunch in den Schaukelstühlen auf den prächtigen Steinaltanen lagen und ihren Kaffee und Whiskysoda dort tranken, bogen sich aus dem Schatten der Steingewölbe über die hellen Geländer und zeigten Walai ihre blassen, müden Tropengesichter, die schlaff waren wie ausgepreßte Zitronen. Tausende von Malen im Jahr zeigte der Zauberer Walai dasselbe Kunststück, ein dutzendmal am Nachmittag ließ er unter umständlichem Trommelbullern seinen Knaben verschwinden und erscheinen; auf das weiße Pflaster am Meerquai klingelten dann die großen Kupferstücke und die kleinen Silbermünzen, die der nackte Knabe auflesen durfte.
Walai selbst bückte sich nicht. Niemand sah, daß er unter der Bräune seines Gesichtes immer wieder fahl wurde, wenn er den Stockdegen auch schon zum hunderttausendsten Male in den Korb stieß. Bei jedem neuen Degenstoß erschien auf seinen spitzen Backenknochen eine leichte Blässe; er liebte seinen Knaben sehr und fürchtete, ihn einmal zu verletzen. Denn der schmale, knochenlose Knabenkörper war natürlich nicht aus dem Korbe verschwunden, sondern lag darinnen, schlank wie ein Palmenblatt an die gebauchten Korbwände gepreßt, und wußte der Degenschneide geschickt auszuweichen, indem er blitzschnell seine Lage veränderte. Oft fuhr dem Knaben der Degen wie ein Pfeil zwischen zwei Finger und durch die gespreizten Zehen, oder durch das gekrauste Haar. Er wich der Degenspitze aus wie einer Schlange, die gestreckt auf ihn losstürzte. Er sah durch die Wände des lose geflochtenen Korbes das helle Straßenpflaster, das große Hotel und die tanzende Schattengestalt seines Vaters. Und wenn das Geld draußen klingelte, sprang er vergnügt und unverletzt aus dem Korb.

Heute am Sonntag, wo mehr Europäer als sonst im Hotel auf den Altanen waren, hatte der Zauberer bis zum Abend gezaubert. Er hatte seinen Knaben zum erstenmal an der Lippe geritzt, und das rote Tuch zeigte einige dunkle Flekken. Er hatte dann sein Kind in die leere Lehmhütte heimgebracht; er machte für die Nacht ein kleines Kohlenfeuer an, legte den Knaben auf die Strohmatte und wartete, bis die Atemzüge ihm sagten, daß das Kind schlief. Dann ging er noch einmal aus, um dem Knaben ein neues Turbantuch zu kaufen und sich selbst für den heutigen Schreck zu trösten.

Im Abendgewühl in den Eingeborenenstraßen setzte sich Walai müde auf einen Treppenstein und sah einen Augenblick auf die Millionen Lichter der Stadt, auf die breiten Feuer in den offenen Höfen. Kerzen und Windlichter tanzten in der Nachtluft auf den Holzgalerien, große Menschenschatten fuhren aus den Türen, schossen spukhaft durch die Lichtkegel weit hinaus über die Geländer der Altanen. Oft wurden die Schatten von fünf Fingern größer als ein Haus, große Nasen fuhren über weiße Hofwände, als würden die Menschen mit einem Atemzug zu aufgeblähten Riesen und schrumpften gleich darauf wieder zu Zwergen zusammen. Über den roten und blauen Gläserlampen der Häuser und über den braunen offenen Hoffeuern erschienen und verschwanden in der halbkühlen Märznacht die weißen Raketen der Sternschnuppen und zogen lange Phosphorlinien durch das Dunkel.

Walai der Zauberer sah die Nacht wie einen Kollegen an, der ihm seine überlegenen Kunststücke zeigen wollte. Und Walai nickte in die Wirklichkeit und Unwirklichkeit der spukenden Lichter und Schatten; er fühlte sich wie ein Fremder und Hotelgast vor der nächtlichen Zauberei.

Ganz in seinen Gedanken ging der Zauberer in den nächsten Hof und hielt seine Hände an das offene Feuer, und niemand von denen, die um die Flammen hockten, achtete auf ihn. Während Walai sich noch wärmte, hörte er Musik von Gongs, Trommeln und Flöten; er bemerkte jetzt erst, daß er im Vorhof des Kulitheaters war. Seine abwesenden Augen verschafften ihm überall freien Eintritt. Er ging an den armseligen Türwächtern vorüber in den halbzerfallenen Theaterraum. Keiner getraute sich den langen, hagern Indier, der wie eine wandelnde Lanze daherkam, anzureden. Das Theater war voll von Leuten, Kulis, die wie Lumpenbündel hintereinander saßen, mit farblosen Turbanen, in Wolken von Tabakrauch. Das Theater erschien wie mit Lumpen und Knochen gefüllt. Nackt, abgemagert und grau saß das Kulivolk auf dem Parkett und dem einzigen Rang. Das kleine verräucherte Haus war wie ein französisches Theater eingerichtet. Vier Musikanten spielten stehend auf der Bühne oben und warteten auf die Tänzerin, die erscheinen sollte. In der dunkeln Bühnenwelt standen manche Kulissen auf dem Kopf, und man wußte nicht, ob sie Zimmer, Garten oder Straße vorstellten. Walai stieg über kauernde Menschenhaufen hinauf auf den Rang, setzte sich, legte sein Gesicht auf das Balkongeländer und schlief ein, wie viele der andern, die müde vom Lasttragen, von der Straße und von der Hafenarbeit waren.

Die vier Musikanten musizierten einförmig, und Walai wachte erst wieder aus seinem Schlaf auf, als ein Weib einen Schrei ausstieß. Er öffnete seine Augen langsam und sah auf der verstaubten Bretterbühne, unter der einzigen elektrischen Bogenlampe, die Kulitänzerin, umgeben von ihren vier Musikanten. Sie mußte schon eine lange Stunde getanzt haben. Der Tanz war eben bei der Szene der Entschleierung angekommen. Sie tanzte bereits mit nackten Brüsten und trug nur noch den letzten blaugrauen schmutzigen Schleierlappen um die schmalen Schenkel. Nackt bis an das Becken, reckte sie sich im Tanzwirbel, wie ein Zweig im Sturm. Sie sprang mehrmals gleich einem Ball vom Boden auf, und aus ihrer Kehle fuhr dann Schrei um Schrei. Endlich fiel sie am Boden in gekauerter Stellung zusammen und blieb liegen, als hätte ihre Seele den Leib fortgeworfen und sich im Tanz vom Herzen losgerissen.

Der Zauberer Walai sah tief aus dem Schlaf heraus den letzten Tanztakten der rasenden Bajadere zu; dann zwinkerte er mit beiden Augen wie ein Tiger, der blutunruhig durch die Wimpern blinzelt, und stieß den Atem zischend durch die geschlossenen Zähne aus. Neben ihm klatschten ein paar Kulis, andere drehten sich schlafend um.

Walai schlief nicht mehr. Er hatte seine Augen schließen wollen, aber seine Augäpfel öffneten ihm immer wieder die Augenlider, als hätten sie Hände, und seine Blicke holten sich das schlanke Mädchen, und sie tanzte durch sein Blut. Der Zauberer sah, wie ein hellhäutiger Engländer – der einzige Fremde, der sich in das Theater verirrt hatte – die Hand mit der weißen Manschette hob und der bettelnden Tänzerin während der Pause große Silbermünzen in den hingehaltenen Schleier warf.

Der Walai spuckte rasch zwischen seinen Knien auf den Fußboden. Wie das Haupt eines Geköpften lag sein Kopf mit aufgestütztem Kinn auf dem Geländer, seine weit offenen Augen hielten das Mädchen auf der Bühne fest, als wären seine Blicke Zügel, als hätte er die fliegende Gestalt auf den Bühnenbrettern mit einem Lasso eingefangen und

an sein Herz gebunden. Stundenlang rührte sich sein Kopf nicht, und seine Augäpfel starrten rot aufgerissen wie zwei fleischfressende Urwaldorchideen, deren Kelche in der Nacht plötzlich mit einem Knall aufspringen.
Das Mädchen auf der Bühne tanzte ahnungslos und ließ seine nackten Brüste wie zwei kleine Seidenkissen unter der Bogenlampe glänzen. Von Sekunde zu Sekunde wurde jetzt das seufzende Zischen des Zauberers lauter, und als die Tänzerin sich wieder zu dem Fremden bückte und Geld auffing, glitt Walai an der Wand entlang, als wolle er sich unsichtbar machen, und kam zur Tür. Das Türbrett öffnete er lautlos. Da fiel der Schatten der Tänzerin, groß und lang, zugleich mit Walais Schatten hinaus an die weiße Hofwand, und die Schattenhände des Mädchens fuhren einen Augenblick um Walais Halsschatten. –
Ein paar Minuten später stand Walai vor seiner Lehmhütte, bei seinem schlafenden Knaben. Der Hüttenraum war blutrot vom ausgehenden Feuer. Wie von den Augen der rasenden Tänzerin getragen, war Walai mit leichten, großen Sätzen durch die Gassen nach Hause gesprungen; er konnte schwören, daß er keine Fußspuren hinter sich im Sand gelassen hatte. Wie offene Feuer großen Rauch und große Schatten in die Nacht schleudern, so fühlte sich der Zauberer von seinem plötzlich leidenschaftlich verliebten Herzen als ein dunkler Riese in die Welt gestellt. Wenn er die Augen schloß, tanzte in ihm die Bajadere. Es war ihm all sein Blut im Leib verdorrt, und der rasende Tanz des Mädchens war das einzige Leben in seinen Adern.
Er nahm wie ein Irrsinniger den Degen aus der Zimmerecke.
»Süße!« flüsterte er, »Süße!« Er schloß die Augen, als

tanzte das Mädchen auf dem roten Lehmboden der Hütte vor ihm, und mit geschlossenen Zähnen seufzte er noch einmal tief: »Der Fremde gibt dir Geld, was gibt dir Walai?« Er schwang plötzlich die rotbeleuchtete Degenklinge wie eine Fahne in der Hand und stieß die Stahlspitze seinem Knaben in das Herz.

Mit roten Augäpfeln lachend, in Ekstase wie ein Tanzender und mit hochgehaltener Degenklinge, deren Spitze schwarz von Blut war, rannte er aus der Hütte, sprang wie ein Gespenst an den Häusern hin. Die Leute unter den Laternen wichen ihm aus, sie meinten, es sei ein irrsinniger heiliger Mann, der aus einem Tempel fort in die Welt stürzte. Mit einem einzigen Satz sprang Walai mitten in den Theaterhof. Da der Weg über das Feuer der kürzere war, sprang er ohne Besinnen über den Holzstoß. In drei Sprüngen war er durch die aufgerissene Tür des Zuschauerraumes oben auf der Bühne.

Die Musikanten warfen sich zwischen ihn und die Tänzerin. »Willst du sie töten?« rief der eine und hielt zum Schutz gegen seinen Degen den bronzenen Gong wie einen Schild hoch. Der Zauberer aber lachte, und über die Köpfe der Musikanten warf er den Degen vor die Füße der Kulitänzerin.

»Laßt mich«, schrie er, »der Fremde gab ihr sein Geld, ich gebe ihr mein liebstes Blut.«

Die Tänzerin floh vor dem hingeworfenen blutigen Degen hinter die Kulissen. Viele packten Walai, hielten ihn fest, riefen die englischen Konstabler von der Straße; die kamen in ihren gelben Kaki-Uniformen auf die Bühne, banden den Mann solid und nüchtern und schleiften ihn fort.

»Der hatte einen *roten* Gedanken«, sagten die schläfrigen Kulis zueinander, und einer warf Walai den blutigen Degen über den Hof nach. Dann setzten sich die Leute wieder auf ihre Plätze, die Musikanten spielten, die Kulibajadere tanzte wie immer bis zum Morgenrot und verstand nicht einmal, daß sie in dieser Nacht einen Zauberer verzaubert hatte. Sie tanzte, weil es ihr Geschäft war, und tanzte heute lebhafter, weil der Fremde im Parkett noch reich an Silbermünzen war.

UNTER DEN TOTENTÜRMEN

Auf dem Abendkorso von Bombay kreisten die hohen Räder der Staatskarossen. Die Kutscher klingelten mit silbernen Glocken. Schmal wie Gazellen saßen oft sechs bis acht Indierinnen in den Wagen auf den Polstern und streckten die schlanken, braunen Hälse. Vorortzüge rasselten neben dem Korso am Meere entlang, Automobile und englische Cabs. Die Parsen hatten die reichsten Equipagen, denn sie stellten in Bombay die Finanzwelt dar.

In einem ungeheuren schwarzpolierten Wagen, mit vier Fliegenwedlern in grüner Livree und rotem Turban hintenauf, mit zwei braunen Kutschern auf dem Bock, kam der steinreiche Parse Rama mit seinem Sohne Elifar zum Korso. Die beiden Herren trugen dunkelblaue Kaftanröcke bis an die Hüften, ein weißes Schleierhemd hing unter der dunkelblauen Weste hervor bis an die Knie, die Waden waren nackt, und die Füße steckten in Goldpantoffeln. Auf dem Haupt jedes Parsen thronte die schwarze, polierte Lacktiara, welche den beiden Bankiers das Aussehen von Hohenpriestern gab. Die englisch geschirrten Pferde griffen scharf aus. Die vielen Fußgänger sahen die Abendsonne tief am Boden unter den Pferdehufen und unter den Rädern der Equipagen, als ließen die Reichen die Sonne zu ihren Füßen zerstampfen. Wie blaugraue Kreisel tanzten die langgezogenen Schatten des Korsos über die abendlichen kupferroten Rasenplätze der englischen Klubhäuser. Weißgekleidete Tennisspieler standen wie helle Gipsfiguren unter den papageienfarbigen Palmen. Das Meer lag neben der Wagenkette wie ein riesiger Silbertisch, und die Sonnenkugel war aus dem grünlichen Abendäther wie eine geschälte Blutorange auf die weiße Meeresplatte hingerollt. Hunderte von Indiern wanderten am Strand. Indische Frauen, sieben und zehn, hielten sich an den Händen und gingen über die gebleichten, kalkigen Muschelwiesen am flachen Meeresrand entlang. Die feinen nackten Mädchen- und Frauenkörper sind in smaragdgrüne, karmoisinrote und azurblaue Schleier gewickelt. Die Abendluft preßt die wasserdünnen Schleier an die Linien jedes nackten Leibes. Die Frauenscharen in ihren glitzernden Schleiern stehen wie aus blauem, rotem und grünem Glas gegossen am Meer. Junge Männer mit riesigen weißen und gelben Turbanpaketen auf dem Kopf wandeln, gleichfalls Hand in Hand, die Wasserlinie entlang. Manche Gruppen spielen Ball, andere liegen neben ihrem blauen Schatten auf dem weißen Muschelboden.

Große Schreie verbreiten sich in der Luft, und mächtige schwarze Aasgeier fegen über die Köpfe des Korsos. Niemand achtet auf sie. Die unheimlichen, fürchterlichen Vögel jagen wie schwarze Tücher durch die Luft, die Erde und das Meer anschreiend. Die finstern Vögel stürzen fort, ihr Flug ist wie ein Umsichhauen großer schwarzer Sensen.

Die Aasgeier kommen und gehen und pflügen die Luft mit ihrer Unruhe über den Palmenspitzen der Prachtgärten des Malabarhügels. Die Rücken dieses Hügels ziehen sich draußen vor Bombay an der Strandbucht ins Meer. Dort oben sind, versteckt im Blaugrün hinter den Villen und den Gärten, die Totentürme der Parsen. Dort werden die Gestorbenen auf die platten Dächer der weißen runden Türme den Aasgeiern hingelegt; ein Leichnam wird in einer Stunde von den wilden Vögeln gefressen. Der Parsentote darf weder Luft, Wasser, Feuer noch Erde verunreinigen und bekommt darum kein anderes Begräbnis als das im Magen eines Geiers.

Dort oben in den Prunkgärten um die Totentürme stehen jetzt im Abendlicht die Palmenschäfte wie rote, verrostete Eisenschrauben in der Luft, und die Schreie der Geier fahren hervor gleich wild ausgestoßenen Flüchen, wie die Sprache des ewig zankenden Hungers. Die feiernden Menschen am Abendmeer sind mit den häßlichen Geierlauten vertraut wie mit ihren eigenen Sorgen. Männer und Frauen schauen friedlich ungestört in den wollüstigen Sonnenuntergang, zu dem jeden Abend die schwarzen Aasvögel gehören, wie die vielen Schatten der Menschen, der Pferde und Equipagen zum Korsoweg.

Am Wegrand stehen einige Equipagen und warten auf die Spaziergänger. Rama ließ gleichfalls seine Pferde halten, und sein Sohn Elifar stieg aus. Sobald die Sonnenscheibe die Meerfläche anrührt und die Meerluft sich dreht, Wasserkühle und Landwärme zu kreisen beginnen und die Schleierenden der spazierenden Damen und Mädchen sich im Luftzug kräuseln, eilen die wandelnden Gruppen auf ihre Wagen zu; Wagen und Spaziergänger kehren zur Stadt zurück.

Der Vater Rama sah seinem Sohne nach, welcher zum Wagenschlag der nächsten leeren Equipage getreten war und auf eine Mädchengruppe wartete, die vom Meere her kam. Ehe noch Elifar und die Mädchen sich begrüßten, hörte der alte Herr, im tiefen Wagenfond verborgen, eine Stimme aus einem Trupp vorübergehender Menschen neben seinem Wagen sprechen: »Nie wird der Sohn des Rama mit Aloi glücklich werden. Sie ist das gelehrteste von allen Parsenmädchen in Bombay und liebt nur Bücher und keine Menschen.«

Der alte Rama seufzte und spielte mit seiner dicken Uhrkette, die war aus goldenen Skarabäen zusammengesetzt, in jedem Käferkopf steckte eine echte schwarze Perle. Durch den offenen Wagenschlag spiegelte sich die Sonne mehr als fünfzigmal in der kostbaren Kette, und mehr als fünfzig kleine blutrote Sonnen rollten durch Ramas Finger. Dann verloschen alle Perlen, und die Kette lag dunkel in Ramas Hand. Er sah in demselben Augenblick, als er die Stimme aus dem Volke gehört hatte und die Sonne im Meer unterging, wie Aloi seinem Sohn Elifar drüben an ihrem Wagen kaum die Fingerspitzen reichte und sich dann mit allen ihren Freundinnen in die Wagenpolster setzte. Der Alte dachte: Aloi ist nicht gekommen, den alten Parsen Rama zu begrüßen. Aloi liebt keinen Menschen; ihr Herz ist ernst und farblos wie die schwarzen Perlen, die in die Sonne sehen wie Brillengläser und farblos wie schwarze Brillen sind. Die Stimme im Volk vorhin hatte recht, Aloi liebt nur ihre Bücher; nicht einmal am Abend vor ihrem Hochzeitstag mit Elifar konnte sie herzlich werden.

Rama hörte Alois Wagenschlag zufallen, die Kutscher klingelten mit ihren silbernen Signalglocken, die sie statt der Peitsche neben sich am Bock hatten, und Alois offene Equipage, gefüllt mit den Köpfen von sieben jungen Parsenmädchen, welche fast alle Sieben Brillen trugen, fuhr an Ramas stillstehendem Wagen vorüber. Die Mädchen nickten dem alten vornehmen Parsen Rama zu, aber ihr Gruß war nebensächlich und flüchtig, als wären alle Sieben kluge Ameisen, die nie Zeit haben vor Fleiß und Eile.

Elifar kam in den Wagen seines Vaters zurück; dieser sah,

daß sein Sohn die Lippen eitel aufwarf und mit seinen schwarzen hochmütigen Augen selbstgefällig Aloi nachsah.

Rama dachte: Mein Sohn Elifar ist nicht klug, und seine Eitelkeit ist seine ganze Weisheit. Er ist ein schön gewachsener Junge, ist reich, liebenswürdig, wohlgenährt und könnte darum Aloi gefallen. Aber Aloi strotzt von Wissen und Gelehrsamkeit. Sie ist hochmütig wie keine, und ich wundere mich nur, warum sie meinem Sohne das Jawort gab, als wir bei ihrem Vater um sie anhielten. –

Der Alte und Elifar fuhren eine Weile schweigend, und die Fensterreihen der Klubhäuser glänzten wie weiße Zettel, die in der Dämmerung angeklebt waren, und von denen die beiden Herren ungeschriebene Gedanken ablasen.

Das Meer lag jetzt grau und tot unter einem Netz einförmiger Dämmerungswellen, wie ein weißer, gefangener Riesenleib unter einem Drahtgitter.

»Dein Hochzeitstag hat mit dem Sonnenuntergang jetzt begonnen«, sagte der Vater, als der Wagen an der Schranke des Vorortsgeleises auf einen vorübersausenden Zug warten mußte. Rama verstand im Eisenlärm nicht, was Elifar ihm antwortete, aber er sah die Gedanken dem Sohne aus dem Gesicht.

Elifar dachte nur an seine Eitelkeit. Er war überaus stolz darauf, daß er, der reiche, stattliche, junge Mann, gleichsam wie einen unbezahlbaren Schmuck, gleich wie einen hochtrabenden Titel, morgen zu seinem Hochzeitstag vom Schicksal eine Frau bekam, welche die gelehrteste von allen brillentragenden Mädchen war. Aloi hatte ihm nach einiger Bedenkzeit ihr Jawort gegeben, und er war damit zufrieden, daß sie sich lieben lassen wollte, aber nicht wieder lieben konnte.

Elifar wickelte aus einem kleinen gelben Seidentuch einen Ring. Derselbe stellte zwei goldene Pferdchen dar, welche, nebeneinander langgestreckt, scheinbar um die Wette liefen. Steckte man den Ring an die Hand, so schienen die Pferde rings um den Ringfinger zu laufen. Elifar hatte auf den Ring gedeutet und seinem Vater geantwortet, als der Eisenbahnzug vorüberrasselte und die Worte zerstreute. Rama verstand, daß sein Sohn diesen Ring Aloi zum Hochzeitstag schenken wollte, und er begriff, daß die beiden Pferde die Seelen der beiden Menschen vorstellten. Elifars Eitelkeit rannte wie ein Pferd mit dem Verstand von Aloi um die Wette.

Elifars Augen betrachteten wohlgefällig den Ring und sagten stumm zum Vater: Morgen werden mich viele beneiden um Aloi.

»Man heiratet nicht, um sich beneiden zu lassen, Elifar; laß die Sonne morgen wie heute untergehen, mein Sohn, und gib diese Heirat auf; gib nicht deinen Ring dem Mädchen mit der Brille, ich suche dir eine andere.«

Elifar steckte seinen Ring in die Westentasche und antwortete dem alten Rama. Aber auch diesmal wurden die Worte von der Luft mit fortgerissen, ohne daß sie der Vater hören konnte.

Einer der mächtigsten Aasgeier war von den Gärten der Totentürme herab mit großem und lautem Gekrächze über die beiden Herren geflogen und hatte Elifars Worte überschrien. Nur Elifars Ackselzucken sprach stumm zu Rama: Frauen ohne Brillen sind mir langweilig, weil sie so eitel sind wie ich, Vater.

Der Wagen hielt vor Ramas Villa zwischen den hohen Mauern der Gärten des Malabarhügels. Die beiden Herren wollten aussteigen, im gleichen Augenblick kehrte der-

selbe große Aasgeier im Fluge um und stob dicht vor dem alten Herrn über die Rücken der Pferde. Rama duckte sich unter dem Luftzug des Flügelschlages.
Die unruhigen Pferde zerrten den Wagen ein paar Schritte vorwärts, Ramas prachtvolle Uhrkette blieb an der Türklinke des Wagenschlages hängen und zerriß.
Der alte Parse erschrak über den Totenvogel und über seine zerrissene Skarabäenkette. Er betrachtete dieses kleine Unglück am Vorabend der Hochzeit als den Vorboten eines größeren. Er hätte gerne seinen Sohn noch einmal gebeten, die Hochzeit aufzuschieben, aber die eiteln Augen Elifars hinderten ihn am Sprechen, und der Alte sagte nur, als er ins Haus trat:
»Menschen, die sich nicht im Blut lieben, lernen sich niemals kennen, nicht einmal der Tod kann ihre kühlen Gedanken einigen.«
Am nächsten Abend um dieselbe Stunde saßen bei dem weitoffenen Gartentor des Hauses Rama die Hochzeitsgäste, die reichsten Parsen von Bombay, alle mit schneeweißen Togas bekleidet, und zeigten sich den Vorübergehenden der Straße. Tiefer im Garten gingen die Mütter und die älteren Frauen, gleichfalls in weiße wohlgeordnete Togas gehüllt.
Auf dem dämmerigen blauen Rasen deckten viele Diener eine lange Abendtafel mit weißen Seidentüchern, die Hochzeit neigte sich ihrem Ende zu.
Aloi, umgeben von fünfzig jungen Freundinnen, saß in einer offenen weißen Pfeilerhalle des Gartens. Braut und Brautmädchen trugen fast alle Brillen und waren alle in weiße silbergestickte Togas gewickelt. Die rosa Orchideen in den schwarz gescheitelten Haaren steckten gedankenvoll wie die Brillen an den jungen Mädchenköpfen.

Die jungen Damen saßen im großen Kreis auf Stühlen und spielten Pfänderspiele und waren wie Kinder fröhlich, trotz aller Belesenheit.
Ein Zug von Dienern trat jetzt in den Kreis der Mädchen. Sie stellten einen großen vergoldeten Kuchen in die Mitte auf einen Schemel, und auf silbernen Platten wurden kleine parfümierte Blumensträuße gereicht.
Elifar erschien auf der Hallentreppe, mit ihm eine Schar junger Männer, alle in weiße Togas gehüllt, wie wandelnde Marmorbilder. Der Bräutigam hatte die Braut zu sich hinaus in den Garten bitten lassen, aber sie war nicht gekommen. Nun trat er selbst in den Mädchenkreis und lachte, weil Aloi nicht aufstand und nicht zu ihm kam.
Das Brautpaar sollte sich verabschieden und im Brautzug nach Elifars Wohnung ziehen. Aber Aloi lehnte sich in ihrem Stuhl zurück, sah Elifar über ihre Brille an, schmollte mit ihrem hübschen Kindermund, und ihr Gesicht war blaß und leuchtete auf ihrem Hals, wie die Kelche der Kallablumen an den Spiegeln der Gartenteiche:
»Laß mich noch eine Stunde junges Mädchen bleiben«, rief sie scherzend, »ich weiß nicht, warum ich mich plötzlich vor dir fürchte, Elifar. Ach, Freundinnen, seht mich an, ich fürchte mich, glaube ich, davor, Kinder zu bekommen. Ich hatte ganz vergessen, daß man beim Heiraten nicht bloß eine Freundschaft schließt, sondern daß man auch Kinder gebären muß. Ich bin keine Frau, die ungestraft gebären kann, das sagt mir mein Verstand; ich glaube, ihr Herren und Damen, ihr müßt mich dann auf die Totentürme tragen. Wenn ich ein Kind bekommen sollte, überlebe ich es nicht.«
Aloi sagte das laut und ohne Scham, sie meinte jedes Wort ernst, wenn sie auch lachte. Ihre Brillengläser liefen an und

standen bläulich und gedankenvoll wie große Mondsteine im Gesicht, als ob ihre Augen jedem und keinem gehörten, und ihre Blicke verschwanden grau in einer Wolke hinter der Brille.

Elifar stand hinter ihrem Stuhl und lächelte; er nahm ihre Hand und steckte ihr den Ring mit den goldenen Pferden an den Finger.

Aloi schüttelte leicht die Hand, und der Ring fiel in ihren Schoß. »An meine Hände paßt kein Schmuck und kein Ring. Meinen Fingern, die nur gerne in Büchern blättern, sind Ringe zu schwer.«

Elifar lächelte, und sein eitles Lächeln meinte: Du wirst dich an den Ring gewöhnen, Aloi. So wie du dich an die Liebe gewöhnen wirst und an das Gebären von Kindern, so wirst du dich an meinen Ring gewöhnen.

Aloi schüttelte ihren Kopf, und ihr Kopfschütteln sagte stumm: Nein, nein, nein! Laut sagte sie:

»Elifar Rama, ich werde mich nicht an die Liebe gewöhnen, nicht an das Kindergebären, nicht an dein Gold und an deinen goldenen Ring. Wir heiraten uns, weil wir Menschenkinder sind, die nicht wissen, was das Leben von ihnen will. Ich heirate dich, weil ich den Eltern den Willen tue, weil du eitel auf die Heirat bist und weil du nicht forderst, daß ich Liebe heucheln soll.«

Alle Parsenmädchen klatschten laut Beifall.

Elifar nickte, steckte den Ring in seine Tasche und sagte, ohne zu sprechen: Eines Tages wirst du dich an alles gewöhnen, Aloi. Ich werde dir den Ring heimlich anstecken, und du wirst es gar nicht merken, daß du meinen Ring trägst.

Aloi schüttelte heftig den Kopf: Niemals, niemals.

Dreiviertel Jahr nach dieser Stunde starb Aloi bei der Geburt eines toten Kindes. Ihre Leiche wurde in weiße Seide gehüllt und in den Garten der Totentürme getragen, in diesen farbigsten und schauerlichsten Garten der Welt. Achtzig weiße Stufen führen darinnen den Hügel hinauf. Oben auf den Terrassen empfangen die weißgekleideten Parsenpriester den Leichenzug und tragen die Toten über den Purpursand der Gartenwege. Blaue, goldgelbe und scharlachblühende Blumentische stehen an den Rändern der Wege. Graue Kakteen und Palmenbestände verdecken halb die kesselartigen, weißen Steintürme. Wie zusammengekauerte Männer in schwarzen Röcken hocken die Aasgeier Schulter an Schulter mit kahlen Hälsen und kahlen Schädeln um den Turmrand. Sie stoßen sich mit den eckigen Schulterblättern und rucken mit den hackigen Schnäbeln und schleudern sich, aufkreischend, durch die Luft und sehen im Flug aus, als ob von Totenbahren große, schwarze Tücher davonfliegen.
Nachdem man Aloi zu den Geiern auf die Totentürme getragen hatte, stand Elifar abends in seinem leeren Hause in der Gartenhalle. Sein Besitztum lag neben vielen andern Gärten am Malabarhügel unterhalb der Totentürme. Die Diener trugen vor ihm auf dem Rasen die von Aloi hinterlassenen Bücher und Schriften auf einen Haufen und warfen sie in ein Reisigfeuer.
Elifar trat in den Garten; der Abendhimmel lag über ihm bleigrau wie eine Panzerplatte. »Warum bedrückt mich keine Trauer?« sagte der eitle Mann zu sich. »Ich fühle nicht mehr Trauer über Alois Tod als über die untergegangene Sonne irgendeines Tages. Sie hat sich nicht an meine Liebe gewöhnt und hat mir auch kein Kind geboren und ist gestorben, um mir zu zeigen, daß sie sich nicht an die

Liebe gewöhnte. Aber als Tote gehört sie mir jetzt ganz und trägt jetzt endlich meinen Ring. Ich habe keine Trauer um sie im Herzen, weil sie mir im Tode näher ist als im Leben.« –

Der schon dämmerige Park wurde von einem letzten roten Sonnenblick hell, und rote Streifen schossen, wie rote Goldfische, über die wasserblauen Rasen. Ein paar Riesenschatten vorüberfliegender Aasvögel fuhren über Elifars Kopf und wischten die roten Lichtstreifen aus.

Nach einer Weile kam einer der indischen Gärtner. Sich demütig vor Elifar verbeugend, reichte er ihm auf einem Brotfruchtblatt einen abgerissenen Menschenfinger, daran ein goldener Ring steckte. Der junge Parse fuhr erschrocken zurück und wurde blaß und grau.

Der Gärtner erzählte, einer der Aasgeier hätte diesen Totenfinger in ein Blumenbeet fallen lassen.

Elifar zog den Ring, der zwei goldene Pferdchen vorstellte, von dem toten Fingergliede. Dann ließ er den Finger in Seide wickeln und zurück zu den Totentürmen tragen. Den Ring aber steckte er in seine Tasche. Und seine Hand spielte tagelang mit dem Ring in der Tasche, und seine Eitelkeit weinte.

DER KNABE AUF DEM KOPF DES ELEFANTEN

Der Maharadscha von Jaipur, der heute noch unabhängigste Fürst von Indien, hat einst zu Ehren des Besuchs des Prinzen von Wales alle Häuser, alle Straßen, alle Wände, Treppen und Türmchen seiner kleinen Hauptstadt Jaipur mit rosa Kalkfarbe anstreichen lassen, alle Gesimse und Geländer mit purem Indigoblau, so daß die Stadt jetzt den ganzen Tag über und über in einem ewigen Morgenrot schimmert und die rosarote Stadt genannt ist. Keiner geht durch diese Stadt, der nicht von der unendlichen rosaroten Farbe begeistert gestimmt wird. In alle Straßenfluchten hinein begleitet dich vom Morgen bis zum Abend der zuckersüße Rosenton. Er übertüncht deine Sorgen und deinen Kummer und verzärtelt deine Gedanken. Die helle Stadt scheint aus rosa Zuckerguß und rosa Schlagsahne aufgebaut. Süß und süßlich wird dir vor dem rosa Häuserschaum zumut.

In der Straße der Reitbahn steht ein goldener Minarettturm, der einzige gelbe Fleck in den rosa Mauern. Diese Straße ist sehr breit und führt nach dem Marktplatz und nach den Elefantenställen des Fürsten. In der Mitte über einem Straßenaltar ragt ein Trompetenbaum mit weißen Armen. Zu beiden Seiten der Straße sind in den Erdgeschossen der rosaroten Häuser offene Verkaufsgelasse, wie kleine dunkle Höhlen; darinnen hocken die Indier auf den erhöhten Dielen und arbeiten. Ein starrsinniger blauer Himmel ist immer über der rosaroten Stadt, es hat jetzt seit zwei Jahren nicht geregnet.

Weiße Zebustiere und Zebukälber tummeln sich vor den

Läden, Affen purzeln von den Dächern in grauen Scharen über die rosa Straßen. Jeden Morgen um eine bestimmte Stunde kommt der Lieblingselefant des Fürsten von seinem Morgenspaziergang durch das rosa Tor in die Stadt zurück in die Rennbahnstraße, torkelt wie eine Kuh gemütlich und watschelt die breite Straße hin nach dem Elefantenstall. Voraus geht ein Wächter mit weißem Turban, der eine Riesenglocke schwingt, damit Vieh und Menschen dem fürstlichen Tier ausweichen. Auf dem sich wiegenden breiten Elefantenschädel hockt ein indischer Knabe mit einem Stachelstab in der Hand. Der Elefant bewegt die großen, rot und blau tätowierten Ohrlappen, daß sie mit ihren bunten Arabesken wie große Tapetenfetzen in der Luft wehen.

Der Knabe auf dem Kopf ist dreizehn Jahre alt und sehr schmächtig, er sitzt auf dem Schädelknochen des Elefanten wie auf einer wandernden Schaukel. Der nickende Koloßkopf schwingt mit dem leichten Knaben mühelos auf und ab, als trüge das Tier keinen Menschen, sondern nur einen gewichtlosen Straußenfedernschmuck. Des Knaben Vater wurde kürzlich im Stalle des Fürsten von einem wahnsinnigen Elefantenungeheuer zerstampft, und seine Mutter verlor der Knabe vor zwei Tagen. Sie saß tagaus, tagein in einem Mehlladen an der Rennbahnstraße, über einen Mahlstein gebückt, den sie mit der Hand drehen mußte. Neben ihr schwangen noch sechs Frauen sechs Mahlsteine.

Weißglühend zieht heute wie immer die Morgensonne in die rosa Straßen, brennt auf dem goldenen Minaretturm und in dem weißen Trompetenbaum, dessen große Blätter senkrecht schlaff herabhängen, wie aufgereihte grüne Teller.

Der Elefant hebt wie jeden Morgen, wenn er durchs Stadttor tritt, seinen Rüssel in die Luft, und die vergoldeten Kugeln seiner beiden Stoßzähne blitzen. Er stößt einen Fanfarenlaut aus, da er sich dem Stall nähert.
Yawlor, der Knabe auf dem Elefantenkopf, rührt sich nicht. Er zieht heute ernst, wie ein Fürst, in die Morgenstadt ein. Mit seinem schwarzen Blick sieht er nach dem Laden, in dem sonst die Mutter an dem Mühlstein hockte. Dort sang sie mit den Weibern näselnd den Mehlsang, daß der Sohn den Singsang am Morgen schon weithin hörte. In der Nähe des Ladens ließ stets der Glockenträger, der vor dem Elefanten schreitet, die Glocke in seiner Hand schweigen, aus Respekt vor dem Sang, denn das Mahllied ist ein uraltes heiliges Lied.
Aber heute stand die Hälfte der Mühlen leer, nur drei Frauen sangen halblaut einförmig auf der erhöhten Diele des mehlweißen Ladens. Als sie die Elefantenglocke hörten und wußten, daß der junge Yawlor auf dem Kopf des Elefanten vorüberritt, stellten sie zum Zeichen der Trauer für seine Mutter das Lied ein. Statt der sechs Mahlsteine sausen nur drei unter den braunen abgearbeiteten Händen der Weiber; die drei anderen Handmühlen stehen still und verlassen. Wegen anhaltender Dürre und Teuerung hatte der Mehlhändler vor kurzem die Hälfte der Weiber entlassen müssen. Yawlors Mutter war darnach in ihrem Lehmhaus an der Landstraße vor Nahrungssorgen und vor Bekümmernis um den toten Mann, den ihr der wahnsinnige Elefant umgebracht hatte, halb verhungert und halb verdurstet eines Morgens tot umgefallen. Am Abend fand ihr heimkehrender Sohn ihren zusammengeschrumpften kleinen Körper wie einen ausgemergelten Hanfstrick an der Türschwelle der Hütte liegen. Yawlor schichtete mit eini-

gen Kulis aus dem Elefantenstall einen niedrigen Holzstoß, legte die Leiche darauf und verbrannte sie. Seine Hände hatten die tote Mutter in Asche verwandelt, aber nicht sein Herz. Seine Gedanken hielten die Tote immer noch wie ein lebendes Geschöpf umarmt. Wenn er morgens den Elefanten des Fürsten vom Stall hin und zurück ritt, setzte er im Geiste seine kleine tote Mutter neben sich auf den großen Elefantenkopf, und sein Herz redete mit ihr.

Der große Elefant schaukelte jetzt mit Yawlor am Mehlladen vorüber, wo nur die drei Mühlen knirschten, aber kein Lied ertönte. Draußen am Marktplatz saßen die Purpurfärber und Leinwandverkäufer unter ihren Zeltstangen vor ihren roten und blumigen Warenstücken. Alle legten heute die Hand an die Stirn und grüßten den Knaben auf dem Elefantenkopf wie einen Herrn, zum Zeichen des Mitgefühls.

»Sie grüßen die Tote, die neben mir auf dem Elefanten sitzt«, sagte der Knabe zu sich. Als er an der stillstehenden Mühle des Ladens vorübergeritten war, an der seine Mutter sonst immer gearbeitet hatte, redete er in die Luft: »Mutter, ich will dich am Durst und am Hunger, die dich umgebracht haben, rächen. Ich will den Durst und den Hunger in dieser Stadt umbringen.« Des Knaben Auge flog die Straße hinauf und hinunter, wild, als wollten seine Lippen einen Schrei ausstoßen, wilder als der Schrei des Elefanten. Niemand hörte den Knaben auf der Straße laut mit sich sprechen, denn der Glockenläuter, der vorausging, übertönte alle Geräusche. Der Elefant torkelte jetzt behäbig über den Marktplatz. Die Leute sahen nur, daß Yawlor fortgesetzt die Lippen bewegte.

»Ich werde schreien«, rief Yawlor zum Geist seiner Mutter, »daß der Himmel über dem Marktplatz zittert, Mutter. Und der Fürst und alle Leute in der Stadt müssen fragen, wer schreit? ›Das ist Yawlor, der den Regen vom Himmel rufen kann‹, muß man dann antworten. Hunger und Durst müssen vor Yawlor sterben. Mit beiden Armen werde ich den Himmel wie einen vollen Wasserschlauch an mich pressen, daß der Starrsinnige zerplatzt und die Felder von der Stadt Jaipur bis zum Schloß Amber draußen überschwemmt werden von seinen Regenfluten.« Der Fluß muß wieder im ausgedörrten Kiesbett erscheinen, und sein Spiegel muß wieder auftauchen, der Fluß, der jetzt mit versteintem und verdorrtem Gesicht dalag, wie Yawlors tote Mutter auf dem Scheiterhaufen. Unterm lebenden Regen würde auch die Asche der Mutter wieder zu Fleisch werden und aufstehen. Die Mutter würde wieder an ihrem Mahlstein niedersitzen und jeden Morgen wie sonst singen, wenn Yawlor auf dem nickenden Kopfe des Elefanten Talim am Mehlladen vorüberritt.« – Yawlor sah vom Kopfe des Elefanten herab über dem Marktplatz deutlich die Stunde seiner Größe kommen. – Der Fürst würde zu Pferd mit allen Frauen in den Sänften und in den Zebuwagen und mit allen tätowierten und purpurgeschmückten Elefanten auf dem Marktplatz in den Palast der vier Winde ziehen; alle Fenster wären dann voll von Frauengesichtern mit plattgescheiteltem Haar. Die Rubinen in allen Ohrmuscheln und die weißen Ringe in den Nasenflügeln müßten funkeln und glitzern und alle Goldspangen an den Armgelenken klirren, wenn sich die Frauen über die Geländer bögen und mit großer Erregung Yawlors Stimme lauschten. Yawlor stünde dann mitten auf dem Marktpflaster zwischen den tausend heiligen grauen Tauben, die dort picken und die nie ein Arm verscheuchen darf, und Yawlor schrie zum Himmel vor den Reihen der Fenster, den Elefantenreihen, den Wagenreihen und vor den Reihen der ungeduldigen Pferde. Wie voll von Haufen Käfern und Waldameisen würden alle Dächer und Türmchen voll von Turbanen und Gesichtern sitzen, die auf Yawlor sahen, wenn er den Regen aus den Wolken herabschrie, wenn er die Dürre vom Himmel riß und der Sonne ins Gesicht schlug. Dann in der atemlosen Stille mußten die ersten Tropfen, rund und gequollen und wie Gewichte schwer, auf die Köpfe schlagen, tausend Hände sich nach den Tropfen ausstrecken und Tausende mit den nassen Händen jubelnd Beifall klatschen. Alle grauen Tauben auf dem Marktplatz fliegen rauschend dem Regen entgegen, alle Pferdenüstern wiehern, die Elefanten trompeten, und der Fürst und seine Frauen lassen Yawlor durch die Eunuchen vom Markt herauf in den rosigen Windpalast rufen. –

Der Knabe Yawlor mußte sich jetzt unter dem kühlen und dunkeln Tor des Elefantenstalles bücken. Das breite Elefantentier trampelte mit dem Knaben auf dem Kopfe in den Elefantenhof. Hühner, schwarze Böcke, Truthähne, Kulis, Affen, Wasserträger und Elefantenwärter trieben sich hier um die offenen Lehmställe und um die offenen fürstlichen Wagenschuppen herum. Der Dunst des gedörrten Elefantenmistes, der auf den Rändern der Hofmauer in Fladen als Dung getrocknet wurde, und Staubwolken füllten die Luft. Die begeisternden rosaroten Straßen von Jaipur aber waren hinter Yawlor verschwunden.

Zwischen dem Dunst des Viehes, der Taglöhner und des Mistes verwandelte sich die straffe Gesichtshaut des Knaben, sein Ausdruck wurde müde, welk und alltäglich. Sein

Geist, der unter dem feierlichen Beileidsgruß der Kaufleute auf dem rosaroten Marktplatz aufgeleuchtet hatte, wurde kleinmütig. Als er vom Kopfe des erhabenen Elefanten zur Erde glitt und im Staub bei den Staubigen stand, hatte er den heldenhaften Blick in die Ferne verloren. Er stellte seinen Stachelstab in die Mauerecke, rieb sich die Gedankenreste wie Staubkörner aus den Augen und war auf seinen abgemagerten Beinen wieder der Sohn eines Kulis und nicht mehr der Herr über Durst und Hunger, wie auf dem Kopf des Elefanten.

Ein schwarzer Widder im Hof, welcher spielen wollte, kam von rückwärts angerannt, hob den Knaben auf seine gedrehten Hörner und kehrte ihn wie eine überflüssige Sache zur Seite, daß er in der Mauerecke bei einem Haufen dörrender Mistfladen hinfiel und liegenblieb. Der ganze Hof voll Kulis lachte lautlos, und alle zeigten dem Gestürzten die gelben Zahnreihen. Und mit dem Hingepurzelten lag auch der Gedanke, den Hunger und Durst zu beschwören, verrunzelt wie ein Mistfladen in der Mauerecke.

EINGESCHLOSSENE TIERE

Esthe, die Tochter des englischen Botanikers Horseshoe, war in Indien, in Kalkutta, geboren und sollte jetzt in ihrem sechzehnten Lebensjahre für immer mit ihrem Vater nach England zurückkehren. Esthe war an Indien angewachsen, wie eine Koralle am Meeresgrund. Sie versuchte auf alle erdenkliche Weise einen Grund zu finden, um in Indien zurückbleiben zu dürfen. Sie verfiel, wie junge, hartnäckige Mädchen leicht tun, auf das Resoluteste und das in ihren Augen Einfachste: sie wollte sich von einem jungen Indier entführen lassen.

Zu Haus waren bereits alle Zimmer geleert, alle Kisten zugenagelt, alle Koffer zugeschnallt, und Esthe wohnte mit ihrem Vater während der letzten Nächte im Grandhotel von Kalkutta. Es war Sonntag, und am Montag wollten Vater und Tochter den Schnellzug nach Bombay nehmen, um dort den Dampfer der P.- und O.-Linie zu erreichen und sich nach Southampton einzuschiffen.

Es ist Sonntagnachmittag. Der Frühjahrssturzregen hat aufgehört, die Rasenerde des riesigen Maidanplatzes vor dem Hotel hat alle Pfützen und Wasser schnell verschluckt, die Sonne blitzt wie nagelneu am Himmel, und die Damen im Hotel erscheinen mit den ersten Frühlingsstrohhüten der Londonsaison auf dem Kopfe.

Der Botaniker Horseshoe schrieb auf einer Schreibmaschine im Lesesaal des Hotels seinen letzten botanischen Bericht für die Kalkutta-Times, und Esthe sagte über die Schulter ihrem Vater, daß sie noch eine Radtour um den Maidan machen würde.

Sie fuhr ein paar Minuten später auf dem vernickelten, blitzenden Rad um den mehrere Kilometer großen, freien Rasenplatz, den Kopf geduckt und in die Luft gebohrt wie eine hitzige Hummel. Bei einer großen Allee bog sie scharf und energisch um die Ecke und flog unter den Bäumen hin, zum zoologischen Garten. Dort war soeben das Sonntagnachmittagskonzert beendet, hohe Equipagen kamen Esthe in langen Reihen entgegen. Das junge Mädchen vermied es, aufzusehen, um nicht Bekannte grüßen zu müssen. Sie ließ ihr offenes Haar wie eine Rasende im Winde wehen und jagte wie ein Spuk an der Wagenkette vorüber.
Die weißgekleidete Regimentsmusik verließ soeben mit ihren blitzenden Messinginstrumenten den Garten, als Esthe am großen Gittertore vom Rade sprang. Der Portier des zoologischen Gartens kannte Esthe; sie war täglich hier in dem mächtigen Park, wo die roten Dächer der Tierhäuser unter dem bläulichen Grün der Königspalme und der Kasuarinenbäume wie rote Zelte leuchteten.
Der indische Portier lächelte täglich über die hastige kleine Miß, die sich von einem der jungen Gärtnerburschen durch die Baumreihen und an den Käfigen vorbei oft lange Nachmittage begleiten ließ. Todor, der junge Gärtner, ging dann, zwei Schritt entfernt, wie ein brauner Käfer immer schweigsam neben der jungen plaudernden Dame. Jedermann im Garten, alle Tierwärter und Gärtner wußten, daß der Bursche sich unter den Blicken der kleinen Miß vor Ehrfurcht, Ergebenheit und Schwärmerei wie ein Mimosenkraut zusammenrollte.
»Todor hier?« fragte jeden Tag die kleine Engländerin und schüttelte ihr wachsblondes offenes Haar vor dem uniformierten indischen Portier beim Eintritt in das Gittertor. Dabei schwang sie die kurze Reitpeitsche, die sie als Rad-

fahrerin gegen die Hunde in der Hand hielt. Der Portier legte, lächelnd und sich tief verneigend, schweigend die rechte Hand an die Stirn und deutete mit der linken auf ein hochstämmiges Malvenbeet, dahinter der weißgekleidete sechzehnjährige Bursche wie eine Maus mit schwarzem Gesicht kauerte und die feuerfarbenen Blütenzepter der Malvenstöcke an Bambusrohr festband. Seine Augen waren wie schwarze Papierasche und scheinbar tief versunken in die Blumenarbeit; aber seit Stunden warteten sie auf die blaßhäutige junge Dame.

Eine Stunde vor Sonnenuntergang schloß heute der Portier den Garten, und da das Fahrrad vom Gittertor verschwunden war, blieb er überzeugt, daß die kleine Engländerin schon heimgefahren sei. Aber Esthe war hinter den letzten Häusern des Gartens, bei dem Aquarium, versteckt geblieben.

»Ich soll morgen abreisen, Todor«, hatte sie gesagt, »und du weißt, mein sehnlichster Wunsch war immer, einmal eine Nacht hier im Garten unter den wilden Tieren bleiben zu dürfen. Ihr Gärtner und Wärter seid auch nachts hier. Warum soll ich nicht bleiben können? Ich möchte im Finstern an den Käfiggittern entlanggehen und die Tigeraugen sehen, wenn sie grün und gelb auf mich losstürzen; die großen fliegenden Hunde, die tagsüber schlafen und kopfüber an den Bäumen hängen, möchte ich nachts aufwachen sehen und möchte sehen, wie die Schlangen sich nachts am Glas der Aquarien elektrisch reiben. Und vor allem habe ich Appetit nach dem verruchten Gebrüll der Heulaffen, die im Mondschein klagen sollen, als ob sie sich gegenseitig erdrosselten, und dann muß ich die Signalpfiffe der großen Trompetennachtigallen kennenlernen. Habe ich die Nacht hier angenehm zugebracht und gehe morgen früh nach Hause ins Hotel, so wird es dann für meinen Vater auch zu spät, um mit dem Schnellzug abzureisen. Dann versäumen wir das Schiff in Bombay; ich habe wieder eine Woche gewonnen, und die Abreise wird verschoben bis zum nächsten Schiff.«

Todor der Gärtnerbursche verstand mit seinen Augen, die wie brauner Honig glänzten, alles, wenn auch sein Ohr nicht jedes englische Wort begriff. Er nickte beständig; so wie man im Wasser seinem eigenen Spiegelbild zunickt, so nickte er in die klarblauen Augen des kleinen Fräuleins. Esthe hatte sich bis zur Schließung des Gartentores verstecken wollen, und Todor hatte sie in eine Tuberosenlaube geführt, die hinter dem Aquarium stand. Dort saßen sie unter breitblätterigen Schlingpflanzen wie in einem grünen hohlen Schuppenleib. Esthe lag auf einer Bank, Todor hockte vor ihr auf dem feuchten Tropenboden, der mit grünem Schimmel bedeckt war.

Draußen verschwanden mit einem Male die rotsandigen Gartenwege in der plötzlichen Tropendämmerung. Esthe erzählte von den Pflanzensammlungen ihres Vaters, und Todor bewegte die Lippen in früherer Gewohnheit des Betelkauens. Das Betelkauen hatte sich der Gärtnerbursche abgewöhnen müssen, da Esthe den roten Saft, den er dabei ausspuckte, nicht leiden konnte. Aus dem plötzlich grauen Abendlicht drang jetzt das langausgestoßene Geheul der wilden Tiere gleich Rufen aus gewaltigen Muschelhörnern in die Laube.

»Wie wäre es«, sagte Esthe, »wenn wir jetzt die Schlüssel zu den Häusern der Tiger und Schlangen bekämen?«

»Noch abwarten«, sagte Todor und ging auf den Zehen zum Ausgang der Laube. Die Luft des Gartens begann wütender nach Tierhaut und Tierschweiß zu riechen.

Esthe gruselte es angenehm bei dem wilden Geruch. Todor ging um die Laubenecke. Esthe starrte hinaus. Alle Bäume verschwanden jetzt, als gingen sie alle aus dem Garten, und Ströme von Düften wanderten wie fremde lebendige Wesen durch die Dunkelheit. Auch alle Farben begannen zu wandern. Der Scharlach der Kakteenblüten war pechschwarz geworden, die blauen Mandarinenblüten leuchteten weiß, die Yuccapalmen glitzerten wie Fischgräten und Fischgerippe und die Palmyraschäfte wie große weiße Elefantenknochen. Die Dunkelheit gab den Bäumen klumpige Beine und den Büschen gedunsene Leiber, daß sie Molchen glichen; die Nachtfarbe verwandelte die Welt der Pflanzen in eine Tierwelt. Die Erde vor Esthes Füßen dünstete einen bittern Schweiß aus, den das Mädchen wie ein Gift auf der Zunge schmeckte. Das vielgestaltige Echo aus den Tierhäusern vertausendfachte sich in dem Garten, als ob ganze Haufen eingeschlossener Tierherzen Selbstmord begingen und ihrem fliehenden Leben nachklagten.
Esthe stand von der Bank auf und tastete sich durch die Laube. Sie griff nach den weißlichen Tuberosen; die fühlten sich wie glatte, schleimige Augäpfel an, die sich unter ihren Fingerspitzen bewegten. Sie griff in die Schlingpflanzen, die waren wie das Gekröse und Eingeweide eines frischgeschlachteten Tierleibes, lauwarm und weich.
»Todor!« rief das junge Mädchen. Todor aber schien verschwunden.
Esthe bog ihre Reitpeitsche krampfhaft um die Knie. Es war jetzt ganz finster in der Laube, und wie eine hohle Brandung tobte draußen das Geheul und Gebell aus den Käfigen. Esthe kannte wohl die indischen Nächte voll Zikadengerassel und Affengeschrei; auch die Schreie der

Schakale und das Gelächter vieler wilden Nachtvögel hatte sie gehört, aber diese langen, qualvollen Stoßseufzer eingeschlossener Tiere, welche die Luftwellen aufregten, daß die Blätter im Dunkel zischelten, diese inbrünstigen Sehnsuchtsschreie, langgezogen und schneidend, als müßten sie die Käfiggitter zersägen, dieses Blutgeheul der tierischen Frühlingswollust, dazwischen das Klirren der eisernen Gitterstäbe, die geschüttelt wie Ketten unter dem Freiheitsdrang wahnsinnig gewordener Bestien rasselten, das hatte Esthe noch nie gehört.
Esthes Herz schauderte und begann sich wie ein selbständiges Geschöpf zu regen; sie fühlte ihr Herz aufrecht, mit großen stoßenden Schritten durch ihren jungen Leib wandern. Ihr Herz machte Sprünge wie ein kralliger Panther, und es dehnte und rollte sich auf wie eine sich wälzende Riesenschlange, aber blieb doch immer am gleichen Fleck wie eine festgewachsene Seepflanze, die sich mit verwirrenden Fäden aufkräuselt, um sich greift und Nahrung sucht. Und alle die Schreie in dem finstern Garten, die aus den Tierkehlen platzten und der Luft weh taten, wurden in Esthe wie ihre tausend eigenen Stimmen. Alles, was im Garten an Wildheit wucherte, an Inbrunst und Leidenschaft, wurde zu Esthes Herz. Ihr Blut ging alle Tierverwandlungen durch, als wollte es fort aus ihrem Leib, vielgestaltig in die Nacht stürmen; wie die Raubtiere, die ihre Haare an den Gitterstäben reiben und ihre Tatzen durch die Eisen drängen, drängte das Blut des jungen Mädchens nach einer unbekannten Freiheit.
Wo ist Todor? rief es in Esthe. Er hat den Blick der großaugapfligen Tiger; er ist wie die geschmeidigen, knochenlosen Schlangen. Heute nachmittag auf dem Gartenweg hing sein Schatten schwer und schwarz an ihm, wie die

großen fliegenden Hunde an den Bäumen hängen, mit dem Kopf nach unten. Todor schweigt immer, aber seine Augäpfel sprechen mehr als Tag und Nacht. Es ist finster draußen vor der Laube, als hätte Todor mit seinen Augen den ganzen Garten verschluckt. – Todor ist jetzt alles, er ist das große Finster draußen, und er ist das Blut in Esthe geworden, das wie eine Elefantenherde ihr Herz zerstampft.

Das junge Mädchen ließ die Reitpeitsche fallen. Sie preßte die Hände an ihren nackten Hals und begann mit einem Male wie eine Krähe laut aufzuschreien. Esthe schrie mit hochgehobenen Händen, sie stand auf den Zehen aufgerichtet und schrie endlos – daß die Heulaffen schwiegen, das Tigergebrüll sich verkroch und alle Tiere hinter den Gittern den Atem anhielten. Der ganze finstere Garten horchte ein paar Augenblicke auf den hohen Fistelton des Hilfegeschreis eines jungen Menschenweibes.

Endlich tauchten Laternen auf, Lichter spiegelten sich in den Teichen, in den Glashäusern, und von neuem warf sich das Tiergebrüll an die bronzenen Gitterstäbe, den Laternen entgegen, und übertönte Esthes Geschrei. Riesige Schatten von vorwärtstastenden Menschen fuhren aus den Baumspalten. Gartenwege und Blumenköpfe erschienen, und es war, als eilten Haufen von Bäumen und fliegende Wesen herbei. Beleuchtet von den Laternen, stand Esthe mit aufgereckten hellen Armen und schrie allen entgegen. Sie rührte sich nicht vom Platz, sie schrie ihren Schreien nach. Dann plötzlich stürzte sie wie ein geblendetes Insekt mitten zwischen die Laternenspiegel.

»Hilfe vor Todor, Hilfe, Hilfe vor Todor!« schrie sie den verblüfften Leuten ins Ohr. Sie klammerte sich an vier Wärter zugleich, die sie wie eine Barrikade zum Schutz um sich stellte.

Man suchte in der Laube, nirgends war Todor zu sehen. Die Wärter trugen das ohnmächtige Mädchen durch den Garten, darinnen die vom Licht aufgescheuchten Tiere jetzt noch lauter, gleich einem wilden Heergetümmel, tobten.
In der Nähe des Straßentores glaubte ein Wärter Todors Gesicht hinter einem Busch zu sehen. Als man von neuem suchte, fand man ein Leinwandpäckchen voll Silbermünzen neben der Tür des Portierhauses hingelegt.
Todor war, als er Esthe entschlossen sah, nicht abzureisen, von des Mädchens kühnen Nachtgedanken gleichfalls kühn gemacht worden. Er hatte Esthes Fahrrad vorsichtig durch das Parkgitter geschoben, hatte es in der Stadt zu einem indischen Bekannten gefahren und es diesem verkauft und war gleich mit dem Gelde zurückgekommen, um Esthe die Silbermünzen einzuhändigen, damit sie immer in Kalkutta bleiben könne. Denn das junge Mädchen hatte in der Abschiedsstimmung an den letzten Nachmittagen öfters wiederholt, wenn sie sich Geld verschaffen könnte, würde sie in Indien bleiben. Sie wollte gern alle ihre Kleider und sogar ihr geliebtes Fahrrad verkaufen, wenn sie nur wüßte, an wen. Als Todor mit dem Geld in der Hand zurückkam, bemerkte er von weitem den Laternenzug und den Wärterhaufen, der Esthe in einen Wagen trug. Todor legte das Geld rasch an die Portierloge und verschwand aus dem Garten.
Esthe ist am nächsten Morgen mit ihrem Vater nach England gereist, und jedermann im zoologischen Garten weiß jetzt, daß Todor sich am Huklayfluß auf einem Frachtschiff heuern ließ, um Esthe in England zu suchen.

DER KULI KIMGUN

Kimgun war ein armer Burmese, so arm wie der Staub auf der Landstraße. Er wohnte in einem der kleinen sandigen Dörfer am Irawaddystrom zwischen Mandalay und Prome. Seine Arbeit war, auf die hohen Dorfpalmen zu klettern, die wie Mastbäume am Strand aufragen, und oben in die Blattsprossen der Palmen ein paar Kerbschnitte zu ritzen und kleine Blechgefäße darunter zu hängen, daß der Palmsaft in die Töpfe sickerte. Dort oben auf der langen schaukelnden Palme saß er wie ein nackter Menschenaffe und sah von unten gegen den blendenden Himmel aus, als wäre er aus schwarzem Papier ausgeschnitten und könnte von einem vorüberziehenden Flußreiher fortgeweht werden. Von seinen Palmen sah er schon von weitem die englischen Verdeckdampfer, die zweistöckigen, die wie Riesenschildkröten den Fluß hinauf und hinab schwammen. Wenn ein Dampfer kam, glitt Kimgun von seinem Palmenschaft herunter, bis der Landungssteg ausgelegt wurde und er mit den andern Kulis Säcke voll Reis, Körbe voll Paranüsse und Pakete von Sandelholz verladen half. Mit einem Dutzend armer Kuliteufel rannte er Ufer auf und Ufer ab, gelenkig wie eine zappelnde Marionette. Nach ein paar Stunden, wenn das Ufer wieder leer lag, der Fluß einförmig und warm vorbeispülte, die braunen Dorfkinder badeten und nichts zu verdienen war, kletterte Kimgun wieder auf seine Dorfpalmen und wechselte vorsichtig die Blechgefäße, die vollen und die leeren. Wie eine Lehmmasse lag der breite Irawaddystrom unter der Sonnenkugel. Ein paar schneeweiße

Pagodenspitzen glänzten wie Zelte aus den Waldhügeln. Grün, lehmgelb und sonnenweiß war rings die Welt unter Kimguns Augen, in der sich Sommer und Winter nicht unterschieden und die sich nur veränderte, wenn der schwarze Dampferrauch mit ungeheuren, dunkeln Wolken die Landschaft verwehte.

Einmal kam die Kunde in das entlegene Flußdorf, daß in der Hauptstadt Rangoon die heilige Glocke der Shwe Dagon-Pagode in das Meer gestürzt sei. Man hatte die berühmte, die größte Glocke der Welt von der Plattform der Pagode herab nach England schleppen wollen. Bei der Verladung auf das Schiff brachen die Gerüste, und die Glocke versank in das Wasser. Dort lag sie jetzt auf dem Grund und trotzte aller Bemühungen, sie zu heben. Die Engländer gaben endlich die erfolglosen Bergungsversuche auf. Jetzt hatten sich die burmesischen Flußschiffer zusammengetan und wollten die Glocke auf alle Fälle retten. Die Engländer versprachen ihnen, daß die Glocke im Lande bleiben dürfe, wenn sie dieselbe vom Meeresgrund heraufholen könnten. Als Kimgun von der Ehrenarbeit der Flußschiffer hörte, machte er sich auf, um bei dieser heiligen Arbeit mitzuhelfen.

Viele Tage marschierte Kimgun, übernachtete in den Waldklöstern, und wenn er am Abend kein Kloster fand, kletterte er auf eine Palme, wo er die ganze Nacht still und regungslos in der Krone hing, so daß die Aras und Kakadus ihn für ein totes braunes Palmblatt hielten und über ihn fortkletterten und neben ihm schliefen.

Je näher er nach Rangoon kam, desto fremder wurde sich Kimgun, weil die Wälder und Bergformen und die Flußbreite sich ungeheuer vergrößert hatten, und auch die Tropensonne war hier heftiger und hitziger, und er sah grau-

blaue und rostbraune und honiggelbe Palmenhaufen, die er noch nicht kannte. Eines Tages wurde das Strombett, daran er entlang wanderte, so breit, daß er glaubte, es gäbe nur noch Wasser auf der Welt und bald keinen Wald mehr. Aber das alleraufregendste, was er draußen vor Rangoon sah, ehe er zur Hauptstadt kam, war die mächtige, goldene Shwe Dagon-Pagode, die auf einem Hügel unterm Himmel lag, mit einem goldenen Stiel in der Luft, als wäre die Sonne wie eine goldene Riesenbirne auf die Erde gefallen. Viele goldene Gassen, goldene Glocken und viele goldene geschweifte Dächer und goldene gedrehte Türme und künstliche goldene gedrehte Bäume waren auf dem Hügel im Kreis um die große Pagode beieinander.
Als Kimgun in all dem Golde stand, glaubte er, er sei bereits gestorben und zum Nirwana in Buddhas goldenen Schlaf eingegangen. – Kimgun blieb drei Tage und drei Nächte auf dem Hügel in den goldenen Gassen, bei den goldenen Lauben und konnte sich von den goldenen Altären voll unzähliger Wachslichter nicht trennen, so wenig wie von seinem Schatten. Er aß mit den Tempelhunden das, was die Mönche von ihren Mahlzeiten fortwarfen, und legte seine letzten Kupfermünzen in die Opferstöcke vor den goldenen Götterbildern. Kimgun dachte, er brauche nie mehr Geld beim Anblick von soviel Gold, und seine Armut und seine Person schienen vor all dem Gold wie verschwunden. All das Gold gehört mir Armem, so gut wie dem Reichsten, wenn ich es betrachte, sagte er sich. Mehr als sich an soviel Gold weiden kann auch der goldreichste Mann in Birma nicht; und Kimgun vergaß drei Tage lang bei dem hinreißenden Goldglanz den Zweck seiner Wanderung. Er ging zwischen den goldenen Gassen wie betrunken und schlief, aß und trank bei allen

hundert goldenen Göttern, und seine Ohren lauschten wollüstig den klingelnden Juwelen und Goldblechblättern, die wie künstliche Schlingpflanzen an den Pagodendächern und an den goldenen Speeren der Giebel hängen und im Luftzug beständig musizieren. Das reiche Räucherwerk aus den tausend goldenen Altargehäusen erschien Kimgun wie der süße Atem des goldenen Metalles. Wie ein Goldhaufen, den die Pagode täglich anzieht, sah Kimgun in den drei Tagen die Sonne zum Pagodenhügel kommen, als ob sie Tag um Tag Gold haufenweise auf die Dächer dort herbeischleppte und täglich neues Gold des Himmels dort ablüde. Und nun begriff der arme Kuli erst, warum die Sonne geschaffen war. Sie mußte wie ein Kuli der Pagode dienen. So wie Kimgun Reissäcke und Sandelholzhaufen auf die Dampfer am Irawaddystrom auflud, so mußte die Sonne die Pagode mit Gold befrachten, und die Sonne war viel ärmer an Gold als die große goldene Pagode.

Kimgun wünschte von Herzen, daß er nur ein Truthahn, eine Ziege oder ein wilder Tempelhund sein dürfte, die sich zu Dutzenden in den goldenen Gassen herumtrieben, ihr sattes Leben hatten zwischen den heiligen Buddhabildern, unter den erzenen Glockenreihen und vor den Glasschränken voll goldener Holzschnitzwerke, und selbst ihre Notdurft an goldenen Säulenschäften verrichten durften. Kimgun wagte nicht die in senfgelbe Mäntel gekleideten heiligen, kahlköpfigen Mönche anzureden, auch nicht die kleinen birmanischen Fräulein in weißseidenen Jacken und schmalen rotbraunen Röcken, die als Verkäuferinnen hinter Blumentischen standen. Nicht einmal mit den leprakranken Bettlern, die auf den Treppenabsätzen der roten Säulenstiege saßen und die weiß von Aussatz waren,

als wären sie mit Mehl bestreut, nicht mit den Niedrigsten hier in dem goldenen Heiligtum wagte Kimgun sich zu vergleichen.
Seufzend ging Kimgun am dritten Tage von der Tempelanhöhe die rote Stiege hinab und unten durch die Gartenwege nach der Stadt Rangoon, wo überall die rosarote Akazie zierlich blühte. Er fand sich durch die breiten Geschäftsstraßen der englischen Bazarhäuser kaum vorwärts, bis er im Hafen zufällig einen Mann aus seinem Orte traf, der ihm die Flußschiffer zeigte, die bereits vor zwei Tagen die große Glocke aus dem Wasser an das Land gebracht hatten. Kimgun war stolz, daß die Glocke von den Burmesen und nicht von den fremden Engländern gerettet worden war, und er vergaß in seiner Freude, daß er nicht mitgeholfen hatte. Sein Wunsch, mitzuhelfen, war aber so groß gewesen, daß er sich jetzt einbildete, er habe sich bei der Bergung der Glocke am meisten angestrengt. Er kam zur Uferstelle, wo die Riesenglocke wie ein schwarzes, eisernes Haus stand. Man hatte ein Gerüst aufgeschlagen, darauf viele Kulis herumkletterten, welche das Metall vom Wasserschlamm säuberten. Der Kuli Kimgun nahm sofort sein armseliges Turbantuch vom Kopf und begann aus Leibeskräften mit den andern Arbeitern die bronzene Glocke zu putzen. Er kletterte auf das Bambusgerüst hinauf und balancierte droben, als wäre er auf einer seiner höchsten Dorfpalmen. Er saß auf der äußersten Gerüstspitze, wohin sich keiner getraute, und sprang an dem obersten Rand der Glocke herum, wie eine Gazelle an einem Abgrund. Er verarbeitete seinen ganzen Turbanfetzen zu Lumpen und schämte sich nicht und nahm das Gürteltuch ab und putzte auch das in Fetzen, und als er nichts mehr hatte, säuberte er nackt mit der bloßen Hand

weiter. Um ihn flogen der Flußschlamm und der Muschelkalk, so atemlos putzte er. Und da er von der tagelangen Wanderung endlich müde wurde, legte er sich oben in eine eingegrabene Windung der Glocke, schmiegte sich glücklich an das platte Metall, und niemand konnte von unten den einschlafenden Kimgun sehen. Am Abend hatte man das Gerüst abgenommen, und Kimgun lag auf der turmhohen Glocke, ohne daß es jemand wußte, und schlief weiter. Am nächsten Morgen kamen die birmanischen Abgeordneten, die Großen und Reichen des Landes. Man hatte Höhlungen unter die Glocke gegraben und Walzen darunter geschoben und bewegte mit tausend Arbeitern das Glockenungeheuer langsam vorwärts. Die Beamten folgten im Zuge, und viel Musik und viel festlich gekleidetes Volksgewimmel begleitete die gerettete Glocke. Als der Zug das erste Haus der Stadt erreichen sollte, erwachte Kimgun und begriff erst gar nichts. Er glaubte, er hänge an einer Palme, die sich im Winde bewegte. Aber dann hörte er die Menschenmenge unten mit Trommeln, Pauken und Zimbeln rumoren, fühlte das von der Sonne erhitzte heiße dröhnende Glockenmetall und verstand, daß er auf der wandernden Glocke war. Er schämte sich und blieb wie ein Kaninchen geduckt oben liegen. Als man jetzt an das erste Haus der Stadt kam, wußte Kimgun, daß die Leute auf den Dächern ihn bemerken würden. Er setzte sich aufrecht und tat, als gehöre das zur Festordnung, daß er oben auf der Glocke saß. Er nahm die Stellung eines sitzenden Gottes ein, faltete die Hände und betete. Von der Straße konnte ihn immer noch niemand sehen, auch wenn er aufrecht saß; so hoch war die Glocke. Die Leute auf den Dächern glaubten, daß Kimgun der Hauptmann der Flußschiffer sei und daß man ihm besonders die Rettung der

Glocke zu verdanken hätte. Viele Leute zogen ihre kostbaren Ringe von den Fingern, und wie Regentropfen aus den Dachrinnen, so fielen Smaragden und Türkisen, besonders aber birmanische Rubinen auf Kimgun herab. Der Rubinenkönig, der reichste Mann von Birma, stand auf dem Dach des ausländischen Hotels. Er war aus dem Norden von seinen Rubinenfeldern zur Glockenfeier gekommen, und als er Kimgun oben auf der Glocke in betender Stellung sah, warf er sein prächtigstes und weitestes Rubinhalsband hinunter, daß es dem nackten Kuli um die Schultern fiel und er geschmückter war als der reichste Mann in Birma. Kimgun rührte sich nicht, er hörte nur den klingelnden Edelsteinregen und wußte nicht, daß das alles ihm galt. Er glaubte, es gehöre zur Ehre der geretteten Glocke. Als die Glocke auf den Walzen schwankend und bebend ganz dicht um die Ecke eines Hauses bog, sprang von einem Balkon ein feines birmanisches Mädchen zu Kimgun auf die Glocke. Sie war kaum sechzehn Jahre alt. Sie kniete sich demütig nieder, klatschte in die Hände und begann gleichfalls neben dem Kuli zu beten. Kimgun sah nicht auf; er dachte, daß er unsichtbar bleibe, wenn er sich nicht rühre. Er war vom Taumel des Räucherwerks, von den Trommeln und Flöten und dem betenden Sang der Volksmenge wieder abwesend gemacht, als ob er eingeschlafen wäre. Unten am Pagodenberg hielt die Glocke zwischen den Stadtgärten im Abend. Die Korkbäume und Kokospalmen bogen sich über die Glokkenwölbung, und immer noch kniete der Kuli Kimgun regungslos neben dem feinen Fräulein, das sich in den vermeintlichen Retter der Glocke verliebt hatte. – Die Glocke stand jetzt still. Eine Ehrenwache blieb zur Nacht am Platz, und die Volksmenge lagerte sich neben den Rasenwegen um große Feuerhaufen, musizierte, kochte und tanzte und erwartete den nächsten Tag, wo die Glocke hinauf auf die Anhöhe zur Shwe Dagon-Pagode gebracht werden sollte. Der Essensgeruch, der Fettdunst gebratener Poularden und der Duft von gebackenen Bananen stiegen bis zur hohen Glockenwölbung und weckten den armen hungrigen Kimgun aus seinem Gebetstaumel auf. Er betrachtete das kleine Mädchen neben sich. Sie war zart, in eine rosaseidene Jacke und in einen grünseidenen Festrock gekleidet, mit silbernen Filigranblumen im schwarzen, hochfrisierten, parfümierten Haar und mit Rubinen und Goldringen in den feinen Ohrmuscheln. Kimgun, hungrig geworden, blähte die Nasenflügel bei dem Essensdampf auf, griff in den nächsten Palmenzweig und schwang sich wie ein Affe in die Krone. Von dort reichte er, ohne ein Wort zu reden, dem Mädchen den Arm herunter, zog sie zu sich herauf und sprang mit ihr wie von einer schwankenden Brücke hinüber in die weißen Äste eines Gummibaumes und ließ sich, mit dem Mädchen auf der Schulter, an den Luftwurzeln und an Stricken von Schlingpflanzen in das Gartendickicht hinab. Breitlappige Bananenstauden versteckten die beiden. Kimgun bemerkte jetzt erst in den Lichtstreifen der Nachtfeuer, die durch die Blattspalten fielen, daß er splitternackt war. Das junge Mädchen erriet an seinen Augen, was er dachte, und reichte ihm den papierdünnen, teerosengelben Seidenschal von ihren Schultern. Der arme Kuli bekleidete seine Hüften mit dem Schal, und dann traten beide Hand in Hand unbemerkt hinaus aus den Blättern unter die Leute.

Kimgun ging zu einem der fliegenden Händler, die mit Fackeln und Garküchenwagen am Wege standen. Er kaufte ein paar geröstete Bananen und warf dafür die lange

Rubinenkette hin, die ihm um den Hals schlenkerte. Das feine junge Mädchen an seiner Seite, das den Wert der Kette kannte, zuckte erstaunt zusammen, dachte aber, ein heiliger Mann tut, was er will, und bewunderte Kimgun nur noch mehr. Der Händler glaubte in der Dunkelheit, die Rubinen seien rotes Glas, ließ Kimgun einige Bananen nehmen und hängte sich die Kette grinsend um. Kimgun kannte weder Rubinen noch andere Edelsteine; er hatte in seinem Heimatdorf sein Leben lang nur den wertlosen Sand des Irawaddystromes gesehen. Der arme Kuli und das feine Mädchen setzten sich auf den Rasen und aßen schweigend ihre Bananen. Kimgun dachte, daß es unter dem heiligen Hügel der Shwe Dagon-Pagode so und nicht anders sein müsse, und war gar nicht erstaunt über das feine Geschöpf, das ihm zugesprungen war. –

Kaum ein Jahr ist nach dieser Nacht vergangen. Das junge Mädchen hatte damals dem armen Kimgun ihren Schmuck zum Verkauf gegeben, und beide wohnten seitdem verheiratet in einem Stranddorf, in einer eigenen selbstgeflochtenen Mattenhütte, draußen vor Rangoon, wo die Lotsen und Flußschiffer leben. Die junge Frau war nie mehr zurück in die Stadt zu ihren Eltern gegangen, und Kimgun hatte nie mehr seit seinem Hochzeitstag eine Arbeit getan. Beide lebten immer noch von dem Ertrag, den die Edelsteine des Mädchens eingebracht hatten, von billigen Reisportionen und billigen Seemuscheln. Kimgun lag im Strandsand auf gedörrtem Tang unter den Strandpalmen, auf die er nie mehr kletterte, und er sah zu, wie seine Frau schwanger wurde und die Hausarbeit besorgte. Jeden zweiten Tag ging er hinauf in die goldenen Gassen zu der Shwe Dagon-Pagode, und alle Mönche der Pagode kannten ihn, als wären sie seine Brüder. Seine Frau ging niemals mit in das Heiligtum, sie fürchtete, dort einem ihrer Familienangehörigen zu begegnen. Als sie kurz vor der Geburt stand, verließ Kimgun kaum noch seinen Schlummerplatz in dem Schatten der Strandpalmen. Er stand nur noch auf und begrüßte morgens den Zug der Bettelmönche, der bei Sonnenaufgang durch jedes Dorf kam und stillschweigend um den Tagesreis bettelte. Jeder Mönch, in seinen gelben Mantel gewickelt, trug einen mächtigen Bronzetopf vor sich her, und aus jeder Haustür kam die Hausfrau und schüttete ein wenig von ihrem Reisvorrat in einen der Töpfe. Kimgun sah zu, wie seine Frau aus der Hütte trat und ihren Reis gab. Für Kimguns Frau war das einzige Stück Welt, das sie täglich in ihrer Schwangerschaft zu sehen bekam, die Reihe gelbgekleideter Mönche mit ihren großen Bronzetöpfen unter dem Arm. Eines Tages regnete es, und die Mönche hatten ihre Manteltücher über den Kopf gezogen, und die Töpfe wurden in den Augen des schwangeren Weibes wie zu abgeschlagenen Riesenköpfen. Einen Augenblick glaubte sie, eine Reihe geköpfter Menschen vor sich zu sehen, von denen jeder seinen Riesenkopf unter dem Arme trug. Als der Frau die Stunde der Geburt kam, gebar sie ein winziges senfgelbes Wesen, an dessen dünnem Hals ein ungeheurer Wasserkopf hing. Die Glieder des kleinen Leibes zappelten wie ein paar Würzelein an dem Kopf, wie an einer dicken Blumenzwiebel die Wurzelfasern. Das junge Weib starb an den Qualen der schmerzhaften Geburt des Riesenkopfes, der ihr den Leib zerriß.

Kimgun aber trug nach dem Tode seiner Frau das Kind, das er zärtlich liebte, hinauf in die Pagodengassen und zeigte es seinen Freunden, den Mönchen. Diese sprachen das Kind heilig und erklärten es als ein Gotteswunder und verlangten, daß es bei ihnen in der Pagode bleibe. Sie legten eine gewebte, kleine Purpurmatte mitten auf das Pflaster in einer der breiten goldenen Pagodengassen, betteten die Mißgeburt zur täglichen Schau darauf, und einige Mönche saßen immer betend und spielend um das Kind herum. Sie nährten es mit der Milch der Tempelziegen, die zu dem Teppich herbeispringen und dem Kind ihre Euter reichen mußten. Kimgun war jetzt der glücklichste Mensch in Birma, seit sein Kind Tag und Nacht zwischen Gold, Weihrauch und Kerzen und unter den frommen Mönchen und vor den frommen Pilgern liegen durfte, bestaunt, bewundert und beliebäugelt von allen Birmesen und Birmesinnen, die herauf aus dem Stadtgewühl von Rangoon morgens, mittags und mitternachts in die goldenen Gassen kamen und lautlos mit Opferblumen in der Hand, in Seide gekleidet und auf stillen Sandalen vor den goldenen Altären und goldenen Kapellen wandelten und sich vor Kimguns Kind verneigten.

Das Kind verdiente für Kimgun und die Mönche manches Stück Geld. Mit stieren und gequollenen Augen, die wie Glaskugeln in seinem Riesenkopf rollten, lag die kleine Mißgeburt da und starrte in die Goldbauten des Tempels. Der Goldschein machte seine Augäpfel gelb wie Bernstein, die gelbe Haut des Kindes schimmerte und blendete das Gold zurück, und sein Gesicht grinste Tag und Nacht in die Goldpracht wie ein Goldkloß. Kimgun freute sich, daß das Kind nie etwas anders vom Leben kennenlernen sollte als die ungeheuren Goldmassen der Shwe Dagon-Pagode. In dieser Goldwelt, welcher die Sonne täglich dienen mußte, lag jetzt sein Kind wie der Mittelpunkt alles Goldes, und die Sonne kam jeden Tag zur Pagode, um als Kuli für *sein* Kind Gold herzuschleppen. Und Kimgun wurde über alle Maßen hochmütig. Der elende, armselige Kimgun erschien jetzt gekleidet vom Verdienst seines Kindes in frischer weißer Seidenjacke, ein Purpurtuch um die Beine geschlagen, einen regenbogenfarbigen Seidenschal als Turban um den Haarwirbel gewunden, das Haar hochgeknotet wie ein Weib, geschmückt mit Schildkrotkamm und Haarpfeil, wie es sich nur der Rubinenkönig und die Reichsten zu tragen erlaubten. Er schritt im Tempel umher, stolzer als einer der weißen Tempelpfauen, und jeder seiner hochmütigen Blicke sagte: Seht, meinem Sohn muß die Sonne dienen! Ihr täglicher Gang gilt bloß ihm und mir, und alles Gold von Birma liegt um uns wie ein goldenes Bett. Meines Sohnes Augen werden täglich vom Gold genährt, mein Sohn schläft im Gold und lebt klug, hell und allmächtig wie das Gold.

Die Mönche mochten bald Kimgun wegen seines Hochmutes nicht mehr leiden, aber da die Mißgeburt eine reiche Einnahmequelle für die Pagode war, ließen sie Kimgun seine Einfalt und schwiegen. Eines Morgens stieg Kimgun, eitel geputzt und gepflegt wie immer, die untersten der dreihundertfünfundsechzig roten Stufen zum Hügelberg der Pagode empor, und wie immer lächelten ihm die hübschen birmanischen Verkäuferinnen auf den Treppenabsätzen zu. Ihre Gesichter schimmerten sanft wie geschälte Bananen hinter den Tischen voll Blumen, Marionetten und Räucherwerk.

Plötzlich verbreitete sich oben am Treppenende vom Hügel herab ein ungestümes Geschrei, lauter und lauter, als ob man da droben Tiere und Menschen schlachtete. Mönche, Ziegen, Pilger, Pfauen, Verkäuferinnen, Hühner und Hunde flüchteten im Durcheinander die rote Treppe herab und Kimgun entgegen. Der Mönche glattrasierte

Schädel leuchteten aus dem Gewühl todbleich wie Elfenbeinkugeln und schienen in dem dämmerigen roten Treppenhaus die Stufen herabzurollen.
»Ein Tiger!« »Ein Tiger!« riefen viele Stimmen zugleich, und Hunderte von Händen gestikulierten. Ein mächtiger gelber Tiger war aus dem Palmendickicht auf das Dach der ungeheuren Pagode gesprungen, und alles, was in den goldenen Pagodengassen lebte, stob zum Treppenausgang wie bestürzte Ameisen aus einem verheerten Ameisenbau.
Die Hunde heulten, die Pfauen kreischten, die Hühner und Truthähne gackerten und kollerten. Die Mönche und Verkäuferinnen fuhren wie wilde Schatten durcheinander, die leprakranken Bettler stolperten über ihre Krücken, stießen die Warentische um und fielen in Knäueln stöhnend und jammernd hinter die dicken roten Holzsäulen des Treppenhauses.
Kimguns einziger Gedanke war sein Kind. Er arbeitete sich wie ein Schwimmender gegen den Strom vorwärts; er fiel zwischen zwei Tempelziegen; das Beinkleid und die Seidenjacke wurden ihm vom Leib geschlitzt. Er richtete sich wieder auf, fiel wieder und verlor Kopftuch und Haarkamm. Ohne einen Kleiderfetzen kroch er auf allen Vieren die letzten hundert Stufen nackt hinauf, strich sich die Haare aus dem Gesicht und stand nackt oben am Treppenende.
Die roten Flügel der Holzbohlentüre zu den goldenen Pagodengassen war zugeschlagen und umlagert von Dutzenden von Mönchen, die sich gegen die Türflügel stemmten. Auf seine Bitten, ihn einzulassen, lachte man ihn fast aus. Er weinte, bettelte und schrie um sein Kind. Endlich öffnete man einen Spalt und ließ ihn in den Tempelhof hin-

einsehen. Der großmächtige Tiger, mit seinem dickbackigen Gesicht, duckte sich eben auf dem Pagodendach und kam in die Gasse herabgesprungen. Lautlos wie ein großer Ballen Baumwolle fiel er auf das Pflaster. Mit einem einzigen Zuschnappen seines Rachens hatte er das Kind Kimguns auf dem Purpurteppich am Halse gepackt, warf sich herum, sprang wie ein Akrobat, der einen Ball trägt, mit dem Wasserkopf im Maul auf das Pagodendach zurück. Hinter dem goldenen Wald der Speere auf den Dächern verschwand die gelbe Bestie wie eine goldene Figur, die mit dem Pagodengold wieder verschmilzt. Die augenschmerzenden Spiegelscheine der Goldmassen warfen sich, wie immer, gleich lebendigen Scheinwerfern kreuz und quer durch die Luft. Darunter standen die Pagodenhöfe jetzt leer und verlassen.
Kimgun brüllte, preßte sich durch den Türspalt, rannte in die ausgestorbenen Gassen, seine Glieder flogen wie flatternde Bänder an seinem Leib. Er kletterte an den goldenen Gehäusen und Gesimsen in den Dächerwald hinauf und verschwand.
Nach Stunden hatten die Mönche vier Engländer aus der Stadt geholt, diese kamen mit ihren Gewehren und suchten den Tiger. Sie fanden ihn auf dem goldenen Birnendach der größten Pagode in der Sonne ausgestreckt und in satter Verdauung gähnend. Die Engländer schossen den Tiger herunter. Die Mönche und alle, die in den Pagoden lebten, kehrten erleichtert in die goldenen Gassen zurück. Als die Leute vor dem toten, goldgelben, vollgefressenen Tigerleib standen, sagten sie von Kimgun: Des Goldes Rachen hat Vater und Sohn verschlungen.

DER GARTEN OHNE JAHRESZEITEN

Vom Morgen bis zum Spätnachmittag fährt ein kleiner, kletternder Bahnzug in Ceylon von der Stadt Colombo unten am Meer hinauf zu der letzten Ansiedlung Nuwara-Eliya in den höchsten Bergen. Die Zimmetgärten von Colombo wandern hinab in die Tiefe. Die grünen Amphitheater der strauchigen Teeanpflanzungen und die Reisfelderterrassen versinken wie ausgespannte Fallschirme neben dem ansteigenden Schienengeleis. Täler voll Silberseen blinken wie Riesenperlmuttermuscheln herauf, verlassene alte Tempeltürme stehen wie hochgerichtete Fernrohre an den Seen, zugespitzte Bergkegel, geformt wie Räucherhütchen, umragen als blaue Pyramiden den Horizont, und der Adams Peak wirft seinen berühmten dreieckigen Schatten als riesigen Sonnenuhrzeiger bis Sonnenuntergang über das Innere Ceylons, genannt das glänzende Eiland.

Kurz vor Sonnenuntergang erreicht der Bahnzug in den Bergwellen auf der Höhe von vierzehntausend Fuß totstumme Mooswälder, große moosumwucherte Laubholzwälder. Die Baummassen sind wie graue Versteinerungen regungslos ineinander gewachsen, als ob die Baumklumpen sich im kühlen, dünnen Luftzug gegenseitig festhielten, damit auf den schiefen Ebenen in der ungeheuren Höhe nicht jählings ein Schwindelgefühl ganze Wälderstrecken in die Tiefe reiße.

Dort oben bei den silbernen Spiralen der Sturzbäche, auf dem Rasen vor den Waldrändern wohnen reiche Kaufleute und hohe englische Beamte aus Colombo in ihren Villen.

Dort sind englische Giebelhäuser mit Vorgärten vor den Erkern. Dort brennen die Laternen abends in den Gartenstraßen am Trottoir entlang wie in Europa. Dort oben sind Tennisplätze und Fußballrasen, und die Luft ist dünn wie die Gesichtshaut der blassen und blonden englischen Damen.
Ein paar Stunden von der Ansiedlung Nuwara-Eliya liegt an einem Bergabhang, wie an den Thronstufen des Ätherhimmels, der Edengarten von Ceylon. Ein Garten wie ein gewirkter, blaurot und gelber indischer Seidenschal, hingehängt an den Bergwald, feierlich, hoch über den Abgründen. Blumenbeete mit den Blumen aller Jahreszeiten schieben sich in die Höhe und in die Tiefe vor dem Äther des windstillen Himmels. Das Gartenantlitz erinnert an ein mit Indigo und Rötelschnörkeln tätowiertes Singhalesengesicht. Dort wachsen europäische Kornblumen, Veilchen, Astern, Kapuzinerkresse, Rosen, Anemonen, Tulpen, Primeln, Schlüsselblumen, Lotos und Kakteen unter Kokospalmen und bei Bananenbäumen.
In diesem Garten der überirdischen Bergwelt waren der Singhalese Bulram und sein Weib Talora aufgewachsen. Beide waren hier oben angesehen als das verliebteste Ehepaar von Ceylon.
Talora war mit neun Jahren Teemädchen gewesen. Sie hatte in den englischen Pflanzungen, unterhalb Nuwara-Eliya, mit hundert andern Mädchen im April zur Ernte die Teekeime von den kleinen, runden Teestauden gepflückt. Bulrams Vater hatte sie von dort in den Edengarten geholt, weil sein Sohn, der bald vierzehn Jahre alt war, endlich eine Frau brauchte.
Die kleine Talora wurde Bulram gegeben wie ein Ohrring oder ein Haarkamm, den die singhalesischen Männer tra-

gen, und Bulram hatte sich nie gefragt, ob er je eine andere Frau wollte. Talora war das Geschenk seines Vaters für ihn, wie sein eigener Leib ihm vom Vater ins Leben mitgegeben war. Wie der Ätherhimmel zum Edengarten gehörte – so selbstverständlich einfach und zufrieden nahm Bulram die kleine Talora als sein Weib hin. Und das Mädchen nahm den jungen Mann als Herrn und Gemahl an, so wie sie ihre Hände und Füße als fraglos zu sich gehörig fühlte.

»Die Singhalesen dort oben in den Berghöhen sind allwissend«, sagen drunten die Singhalesen an der Zimmetküste von Colombo über die Leute von Nuwara-Eliya. »Sie können dort oben zaubern, ohne daß sie selbst ahnen, daß sie Zauberer sind.« Und mit Ehrfurcht betrachten die Leute in den Tälern jene Bergseelen, die ihr Leben in der dünnen Luft verbringen.

Ob Januar oder Juli, ob April oder Oktober – im Edengarten blühen die Märzveilchen, bei den Septemberastern sitzt die Julirose dunkel am Strauch, darunter das Schneeglöckchen sich versteckt. Flieder, Jasmin, Herbstzeitlosen, Lotos und Kornblumen stehen in den Feldern, auf Beeten und an Teichen, bei den Hügelrasen, zwischen den Orangen, Myrten und Weihrauchbäumen, unter den Aloeblüten und bei Bananenpalmen.

Bulram und Talora hatten hier hinter dem Haus des englischen Verwalters ihre kleine, weiße, niedere Hütte an der Gartenmauer, welche schräg den Berg hinaufsteigt. Die Blicke der beiden waren immer ruhig wie die windstillen Täler, wie der wolkenlose Himmel und ihre Gedanken nur von den Gesichtern der indischen und europäischen Blumenarten angefüllt. Der ewig stillstehende Blumengarten, darinnen nie Winter, nie Sommer, nie Frühling und Herbst

wechselten und die Büsche ohne Ausruhen ewig berauscht und unvergänglich blühten, darüber der Äther, todstill ohne Lufthauch, eine unermeßliche Ruhe feierte – dieser Garten gab den Menschen einen Frieden in das Herz, der gleich dem Öl einer tausendjährig brennenden Tempellampe ist, das eine stille, nie verlöschende Flamme nährt.
Nie kam den Menschen in der dünnen Ätherluft dort oben die Kraft zu einer wilden Tat. Sie lebten in der Höhe, in der Luftleere, halb trunken, wie Mäuse unter der Glasglocke einer Luftpumpe. Sie waren in der verdünnten Luft einem sanft schläfrigen und zarten Zustand von Kraftlosigkeit verfallen, als hätte sich ihr Blut verflüchtigt, und nur eine ideale, blaue Leere schwang in ihren Adern.
Eines Abends sagte der Verwalter des englischen Gartens zu Bulram: »Höre! Du mußt mich morgen nach Colombo hinunterbegleiten. Ich muß den Pachtkontrakt mit der Regierung erneuern und außerdem zwei Ladungen Apfelreiser und Quittenschößlinge, die aus England angekommen sind, im Hafen abholen. Du bist zuverlässig, Bulram, und von allen Gartenaufsehern der vorsichtigste. So viel ich weiß, warst du noch niemals drunten an der Küste, seit du lebst. Es wird dir Spaß machen, Menschen und Land da unten zu sehen. Talora wird dich für drei Tage entbehren müssen.«
Bulram sagte: »Herr, so lange Talora und ich verheiratet sind, waren wir noch keinen Tag getrennt.«
Der Verwalter meinte: »Tröste deine Frau, Bulram, und sage ihr, daß du ihr einen schönen, bunten Colomboschal mitbringst. Halte dich morgen früh bereit. Der Zug geht um neun Uhr von Nuwara-Eliya ab. Um sechs Uhr früh müssen wir mit dem Dogcart hinüber zum Bahnhof der Ansiedlung fahren.«

Am nächsten Morgen kletterte der Zug die Engpässe hinab durch schallende Tunnel auf den schmalen Schleifenwegen der Bergwände hinunter in die silbernen Täler von Ceylon.
Bulram hatte einen schönen halbkreisrunden Schildkrotkamm im schwarzen Haar. Der Kamm hielt das Haar aus der Stirn zurück, und der Singhalese sah glatt gekämmt aus wie ein europäisches Schulmädchen. Er wußte, daß man in Colombo drunten das Haar zurückgestrichen trug, und hatte sich im voraus großstädtisch frisiert. Um seine Beine schlug ein breites braunrotes, zitronengelb getüpfeltes Tuch und war wie ein Frauenrock um die Hüften von einem Ledergürtel zusammengehalten. Bulrams Oberkörper steckte in einer weißen kurzen Leinwandjacke, welche von Taloras Händen frisch gewaschen und frisch gebügelt war. Hinter seinem Ohr trug er zu Ehren des Reisetages einen Büschel dunkelblauer Kornblumen. Sein breiter goldner Ehering glänzte am großen Zeh seines rechten Fußes. Er ging barfuß und zog seine Pantoffeln nur vor seinem Herrn an. In einem kleinen grünbemalten Blechkoffer verwahrte Bulram nichts als seine Pantoffeln. Aber er hatte fürsorglich an viele Einkäufe für Talora gedacht und zum Schutze der Sachen gegen Insekten und Schlangen den Blechkoffer vom Verwalter erhalten.
Bulrams Lunge hatte nie andre Luft als Höhenluft geschluckt. Der Zug senkte sich jetzt aus den nebeligen Farrenkrautwäldern zu den hitzigen Zimmetgärten Colombos hinunter, mit einer rasenden Schnelligkeit, wie ein Ballonkorb, der aus den Wolken fällt. Die brandige Tropenluft schlug Bulram wie roter Pfeffer um die Nase. Er mußte fortgesetzt niesen und sich die Nasenspitze reiben. Er, der immer unter dem ätherischen Himmel gelebt

hatte, fühlte sich von Staub, Pflanzengerüchen und Erddünsten gereizt, als ob man seinen Gliedern ungewohnte Kleider anzöge. Der Zug fuhr zwischen protzigen Brotfruchtpalmen in die letzten Abgründe hinein. Als ob die Erde fortgesetzt den Rädern auswiche, so raste die Wagenkette zu Tal. Die Luft strotzte von den Gewürzen der Nelkenbäume und der Kampferstämme. Palmenkronen überwölbten den Schienenweg, menschenkopfgroße Früchte hingen in Bündeln; gelbe und braune Mangofrüchte, die droben in Nuwara-Eliya nur blühen und niemals reifen, hingen hier wie Gewichtsteine zwischen gesträubten Riesenblättern. Wenn Bulram seinen Kopf zum Fenster hinausstreckte, glaubte er sich an den Fruchthaufen zu stoßen. Wie überfüllte Fruchtkörbe standen die Muskat- und Kokoswälder zu beiden Seiten des Bahngeleises.

Kaffeebraune, sehnige Singhalesen, dickblütig und üppig genährt, nackt und nur von der Bräune ihres Leibes bekleidet, drängten sich auf den Bahnstationen in den Tälern gleich Herden brauner, feister Maikäfer, die durcheinanderkrabbeln.

Bulram verstand nicht, warum die Erde so viele Menschen hatte, so viele Nasen, Ohren, Mäuler und Augen, die ihn anstarrten, als wäre sein Gesicht eine Honigwabe, dran sich die Wespen hängen. Die Brust des einsamen Bergsinghalesen fühlte sich vor den Menschenmassen wie ein Kleefeld unter den Füßen einer Hammelherde. Blicke, Stimmen, Gerüche, Schritte trampelten über die blaue Ätherruhe seines Herzens. Sein Auge sah nichts mehr, und er fühlte sein Ohr von den Massengeräuschen durchlöchert wie eine Schießscheibe nach dem Scheibenschießen.

Bulram versuchte, um sich zu beruhigen, die Gesichter der Menschen, die auf der Tagesfahrt in seinen Wagen aus- und einstiegen, in Blumensorten einzuteilen. Er sagte zu sich: dieser ist eine sanfte Primel, dieser eine grelle Bohnenblüte, dieser eine Tomatenblüte, dieser eine Narzisse. Aber die Blumenarten seines Gartens ohne Jahreszeiten, die er als einzigen Maßstab hier an alles anlegen konnte, reichten nicht aus. Als er abends um fünf Uhr an der Colombostation ankam, war er todmüde von den tausend Vergleichen und schwindlig und hielt sich krampfhaft auf dem Kutscherbock des Wagens fest, der mit ihm und seinem Herrn zum Galle Face-Hotel an das Meer fuhr.
In diesem riesigen Steinhallenhotel an der Meeresbrandung, darinnen der Meerdonner Tag und Nacht wie ein Ungeheuer brüllend durch die Treppensäle, Korridore und Zimmer hallt, benahm sich Bulram wie ein Mondsüchtiger, der im Schlaf auf einer Dachkante aufwacht, sich nicht vor- noch rückwärts zu gehen traut und überall den Absturz fürchtet. Die hundert weißgekleideten Reisenden im Hotel, die Europäer mit ihrer weißen Haut, die vielen weißen Musselinkleider und die langen, weißen Schleppen der Damen erschienen Bulram wie irrsinnig gewordene weiße fliegende Blütenbäume, helle Magnolien oder lichte Jasminbüsche, die ohne Wurzeln durch die offenen Türen der Steinwände aus und ein wandern konnten. Der scheue Bergsinghalese blieb vor Furcht wie ein Schatten an den Wänden kleben. Sein Herr, der englische Verwalter, fand ihn mehrmals im dunkeln Korridor hokken, vor den Menschen am ganzen Leibe zitternd. Bulrams Augen starrten besonders vor der Tür des menschenüberfüllten Speisesaals entsetzt aus dem Gesicht, wie einem, der zur Nachtstunde in die Dschungel geraten ist,

die Raubtierscharen zur Tränke ziehen sieht und beim Anblick der Tigerfamilien ohnmächtig umfällt.
Eines Morgens war Bulram plötzlich verschwunden. Niemand, nicht das Telephon, nicht die englische Colombopolizei, nicht Zeitungsannoncen konnten den Verlornen zurückbringen. Acht Tage ließ der Verwalter nach Bulram forschen. Dann reiste er nach Nuwara-Eliya heim, glaubend, der Bergsinghalese habe sich heimlich aus dem Staub gemacht und sei vor Menschenfurcht zurück auf die hohen Berge, in seinen Garten ohne Jahreszeiten, zu seiner Frau Talora geflohen.
Aber Bulram war nicht zu Hause. Talora stand voll Harmlosigkeit, klar, freundlich und sanft im Garten und lächelte wie eine Allwissende, während der Verwalter tief bestürzt war, daß Bulram nicht zu finden sei. Talora antwortete, wie die ewig wolkenlose Bläue lächelnd: »Er wird kommen, Herr. Der Herr soll nicht um Bulram traurig sein.«
Der Engländer schaute sie sprachlos an. Er hatte geglaubt, die Frau des Singhalesen müsse sich zu Boden werfen, weinen und sich die Haare raufen. Statt dessen sagte sie nur ewig lächelnd: »Er kann nicht verloren gehen, Herr. Bulram ist in meinem Herzen aufgehoben, Herr.«
Und Talora ging jetzt durch den Garten, hielt vom Morgen bis zum Abend die Bewässerungsrohre in Ordnung, stellte die Wasserzerstäuber auf die Rasenplätze und tat Bulrams Arbeit neben ihrer Hausarbeit, als wäre sie Bulram selbst. Niemals zitterte ihre Hand vor Neugier nach dem verlornen Mann, wenn sie dem Verwalter die Briefe des Postboten brachte. Niemals sprang ihr Auge hell auf, wenn die elektrische Gartenglocke klingelte und Fremde kamen, den Garten anzusehen; und es nicht Bulram war.

Niemals zitterte ihr Fuß, wenn sie abends in das leere Häuschen trat, und nie ihr Finger, der morgens die Türklinke öffnete. Sie schien in einer ewigen blauen Ruhe in der Ätherhöhe dieses Gartens Tag und Nacht mit ihrem Mann unsichtbar zu verkehren, als gäbe es keine Nähe und keine Ferne im Weltall bei dem trunknen Liebesbewußtsein ihrer Seele.
Ein halbes Jahr verging. Da sagte die Frau des englischen Verwalters zu Talora: »Ich reise hinunter, um mir im englischen Bazar von Colombo Kleider und Hüte zu kaufen. Ich kann dich mitnehmen. Vielleicht kundschaften wir Frauen mit mehr Glück aus, was aus Bulram geworden ist.« Die Dame reiste am nächsten Morgen mit Talora zusammen hinab an die Küste.
Die Singhalesenfrau war niemals im Tal gewesen. Aber auf sie wirkte die Talluft anders als auf ihren Mann Bulram. Sie, die stets Stille, Abwesende, Traumwandelnde, wurde nicht noch stiller, sondern wurde gesprächig, lebte auf. Sie zeigte auf der Reise ihre Zahnreihen und ihr rotes Zahnfleisch mit breitestem Lachen. Sie schmatzte mit den Lippen, sie schnalzte mit der Zunge, und ihre Augen hingen ihr mit vielen Blicken nach allen Seiten wie die Beeren von dunkeln Trauben in dem Kopf. Ihr Mund schien alle Früchte der fruchtreifen Luft zu schmecken, und ihre Backen wurden vom hitzigen Atem der Talwälder aufgebläht und dick. Sie trug eine weiße Bluse mit bauschigen, kurzen Ärmeln. Je näher der Zug aus der Berghöhe hinunter in die Colombohitze des Tropennachmittags kam, desto unruhiger wurde Talora. Ihre nackten Unterarme schoben ungeduldig die lockeren Brüste hinter dem Blusenstoff hin und her, als wären das ein paar reife, unbequeme Früchte, die sie ablegen wolle, sobald der Zug hielt.

Auch Talora war bald aus dem Hotel verschwunden. Ihre englische Herrin glaubte, sie suche ihren Mann in der Stadt. Man wartete drei Tage, suchte Talora, wie man Bulram gesucht hatte, aber die Singhalesin blieb unauffindbar. –

Ein Jahr verging.

Die Meeresbrandung vor dem Galle Face-Hotel donnert unausgesetzt, die Tropensonne rollt im Land über die Zimmetgärten, und wie eine riesige Spiritusflamme brennt das rotviolette Morgenmeer.

Weit draußen im Hafenwasser steht ein großer Dampfer mit hohen weißgetünchten Wänden. Er wirft seit Stunden gelben Qualm aus vier Schornsteinen und ist zur Abfahrt bereit. Breite, schaukelnde Jollen und ein kleines, spitziges Motorboot bringen Kofferladungen und Ladungen voll weißgekleideter Tropenreisender an die Schiffswand. Jetzt wird die weiße Landungsstiege an der Schiffswand hochgezogen, und Ankerketten kreischen markerschütternde Schreie. Der Dampfer liegt noch immer still, umgeben von dem kurzen und ruckweisen Gehüpf der Morgenwellen. Viele Köpfe von Reisenden biegen sich über die weißgestrichnen Eisengeländer der Schiffsstockwerke. Drunten reiten nackte, arme, braune Singhalesen auf langen, gelben Holzbalken in der Flut um das Schiff. Statt eines Ruders hat jeder Wasserreiter einen Kistendeckel oder ein Brett in der Hand.

Manchmal wirft ein Passagier eine kleine Silbermünze über Bord. Dann schlüpfen alle die nackten, jungen Kerle wie glatte Seehunde von ihren schwimmenden Balken und fahren in das durchsichtige, gläserne Meer hinunter, wie auf einer grün angestrichnen Rutschbahn in die Tiefe. Drunten werden ihre Gliedmaßen gespenstig wie Froschglieder, scheinen sich aufzulösen und verschwinden. Nach einer Weile erscheinen sie im Flaschengrün der Tiefe wieder, zappelnd und wie braunrote Schatten. Schwarzglänzende, triefende Köpfe tauchen aus dem Wasser, und einer zeigt das silberne Geldstück lachend zwischen seinen Zähnen. Dann schwingt sich jeder auf seinen Baumstamm, und alle reiten wieder um die Schiffswandung. Mit viel Geschrei winken sie hinauf und ermuntern die Passagiere des abfahrenden Orientdampfers; und sobald ein Geldstück aufs Wasser klatscht, verschwinden wieder alle Balkenreiter lautlos im Meer. Bis zur Abfahrt des Dampfers vertreiben sich so die Reisenden die Zeit mit Geldwerfen.

Bulram ist seit Monaten hier jeden Morgen auf einem Balkenstamm um die ausländischen Dampfer geschwommen. Er holt sich durch gewandtes Tauchen sein Geld aus dem Meer, das eilig verdiente Geld, das er nachts ebenso eilig in den Spielhöllen bei braunen Dirnen und Reisbranntwein wieder ausgibt. Seitdem Bulram die Zimmetluft von Colombo riecht, ist in ihm der Gedanke an seine Berge, an Talora und an den Edengarten auf den Bergen tiefer versunken als je ein Geldstück im Meer. Er lebt in Colombo wie eine Fliege, die sich auf dem Zucker eines Fliegenpapiers berauscht und vollsaugt. Wie ein samtner Panther streicht er sich nachts an den nelkenölduftenden kleinen Dirnen in den Freudenhäusern, und am Tag springt er nackt und blank in die Meerestiefe nach den blitzenden Münzen. Er sticht unzählige Male in den Meeresgrund hinunter, rudert seinen schwimmenden Balken abends mit einem Brett ans Land, rollt sich dann wieder bei einem Nautsch-Girl auf einem Teppich wie ein Igel zusammen und läßt das armselige Geschöpf, das er sich für die Nacht gekauft, nicht mehr aus seinen Griffen, bis ihn die Frühluft weckt.

Heute ist wieder eine backofenwarme Nacht. Vanille- und Kampferbäume pressen ihren Duft aus den Gärten über die Stadt. Am großen granitnen Wellenbrecher entlang der Seeseite mussiert die Brandung und wirft hohe, weiße Geiser in die Dunkelheit. Sterne hängen gleich glitzernden Wasserblasen an der Nachtdecke. Die Front des Galle Face-Hotels ist beleuchtet, wie ein großes Transparent. Unter den elektrischen Bogenlampen der Strandpromenade tauchen vom Hotelportal her weiße Punkte auf: die weißen Hemdbrüste vieler Herren im schwarzen Abendanzug, Engländer und andre Europäer. Jeder Herr läßt sich von einem nackten Kuli in einem kleinen Rikschawagen ziehen. Die Herren sind ohne Hut. Sie machen vom Hotel nur einen kurzen Abendausflug in das Freudenviertel von Colombo. Die Reihen der kleinen Wagen verschwinden schnell am Ende des Strandweges hinter den Tenniswiesen in dunkeln Eingebornengassen.

Bulram drückt sich hier in einer der Gassen still an den Wänden hin. Er ist in allen Häusern der Gasse wie der Mond bekannt. Die Wagenreihen mit den ausländischen Herren im Abendfrack sind an ihm vorübergerollt und halten jetzt vor ihm in der Straße.

Er sieht die Herren, von einem Hauseigentümer auf dem Straßenpflaster empfangen, in einer Haustür verschwinden. Alle Läden der Häuser sind geschlossen, und man hört nur gedämpft Kastagnietten, Geigen, Tamburine, einförmig wie die Musik summender Wasserkessel. Männer, welche kommen und gehen, verschwinden wie die Katzen, lautlos, in den Haustüren und um die Straßenecken.

Neben Bulram öffnet sich ein Erdgeschoßladen. Ein Frauenarm langt heraus, und zwei Finger schnalzen. Bulram sieht im Halbdunkel unter dem hellen Sternhimmel zwei große Reihen blendender Zähne und ein paar nackte Brüste, die sich wie zwei kleine Säcke über das Fenstergesims quetschen. Bulram kennt die Frau nicht, aber er fragt in das dunkle Fenster: »Bist du frei?« Die Frau schnalzt mit der Zunge, und bei diesem Laut beginnen vor Bulram alle Steine der Straße, alle Sternflecken am Nachthimmel zu schaukeln.

Der Singhalese will in das Haus eintreten. Aber der Hauseigentümer sagt ihm, er sei um eine Minute zu spät gekommen. Die an der Fensterecke sei eben drinnen von einem englischen Kapitän gerufen worden. Bulram stellte sich wieder unter das Fenster und wartete. Aber das Mädchen mit den lachenden Zähnen und der schnalzenden Zunge öffnete nicht mehr den Fensterladen und rief ihn nicht mehr. Acht Tage hielten Seeoffiziere und Matrosen ausländischer Kriegsschiffe ihre nächtlichen Gelage in dem Haus, und acht Tage lang wurde der armselige Singhalese vom Hauseigentümer abgewiesen; er schlief acht Nächte unter dem Fenster und blieb acht Nächte nüchtern. In der neunten Nacht, als die Dampfer den Hafen verlassen hatten, öffnete sich wieder der Fensterladen. Zwei nackte Brüste drückten sich über die Fensterbank, und helle Zähne glitzerten in einem lachenden Mund; dem Singhalesen schoß sein hitziges Blut wie Sternschnuppen vor die Augen. Bulram ging in das Haus, drückte das Mädchen an sich und schloß dabei die Augen, wie es alle Orientalen tun, wenn sie ernstlich glücklich sind. Er blieb dann Tag und Nacht bei geschlossenen Fensterläden im Haus bei der Dirne.

Am vierten Abend saß der Hauseigentümer mit seinen Freunden wie immer draußen auf den Steinstufen vor der Haustür. Es wetterleuchtete hinter dem Hausdach. Da kam einer seiner Buben heraus und sagte ihm: »Herr, das Zimmer des Mädchens, welche hinter dem Eckfenster wohnt, ist wie leer gefegt. Das Mädchen, das sich dort seit ein paar Tagen mit einem Singhalesen eingeschlossen hielt, ist verschwunden. Die Tür steht weit offen, aber niemand hat weder sie noch den Singhalesen fortgehen sehen. Vielleicht ist der Bursch ein Bergsinghalese gewesen und hat sich in einen Nachtblitz verwandelt und hat das Mädchen auf einer glühenden Wolke fort in die Berge geholt!«
In demselben Augenblick kreischte der Fensterladen an der Straßenecke in den Eisenangeln, und der Hauseigentümer rief: »Verflucht! Sie sind sicher miteinander durch das Fenster fortgesprungen. Verflucht! Sie ist verschwunden, wie sie gekommen ist! Eines Abends stand sie mit ausländischen Matrosen hier unter meiner Tür und trat ein und war viel begehrt und nannte sich mit dem lockenden Namen ›Talora‹. Da auf den Stufen stand sie damals vor mir. Es wetterleuchtete wie heute, als werfe sie Feuer um sich und Feuer ins Haus, so kam sie. Nun sprang sie wie ein Blitz wieder fort.« ––
Nach Monaten klingelte abends die elektrische Glocke der Gartentür des Edengartens, und als man öffnete, standen Bulram und Talora draußen. Beide vergnügt, lautlos und sanft wie immer.
Der Verwalter fragte, und die Frau des Verwalters fragte, und alle Gartenaufseher fragten, wo die beiden nach zwei Jahren herkämen. Sie aber lächelten nur und deuteten in den wolkenlosen Himmel.
»Herr, er war im Himmel«, lächelte Talora, und Bulram

nickte immer wieder stumm Beifall, wenn seine Frau auf ihr Herz deutete und auf alle Fragen nichts andres antwortete als: »Herr, er war im Himmel.«
Dann saßen beide wieder in dem Garten, knieten über den Blumenbeeten, arbeiteten mit der Rasenschere und mit dem Rechen. – Sie beugen sich noch heute wolkenlos wie der Ätherhimmel von Nuwara-Eliya über die Blumenreihen, dort oben in dem Garten ohne Jahreszeiten.

IM BLAUEN LICHT VON PENANG

Die malaiische Kurtisane Gabriela Tatoto, die in der Frühlingszeit auf englischen Dampfern in der Malakkastraße und im chinesischen Meer von Penang bis Hongkong reiste, lebte im Sommer ausruhend in ihrer Villa in Penang. Ihr Haus lag wie ein einziger weißer Saal in einem tiefen Rasengarten. Statt der Blumenbeete standen mannshohe bläuliche Porzellanvasen in langen Reihen dem Gartengitter entlang, gelb- und rotgefleckte Tigernelken wuchsen in Sträußen aus den Vasen. Schlanke Wandererpalmen mit pechschwarzen Fächerblättern brüsteten sich wie finstere Pfauen rund um die weiße Villa. Ein scharlachblühender Elektrinenbaum spreizte sich am Garteneingang. Das rote Gekröse der Blüten in der Luft leuchtete blutig wie die Schlachtbank eines Metzgers. Der Garten schien das Seelenleben der Kurtisane in seinen Farben zu spiegeln. Mit der Künstlichkeit der Porzellanvasen, mit der Düsterkeit der Wandererpalmen und mit der rücksichtslosen lüsternen Röte der Elektrinenbäume erinnerte er an seine Besitzerin.

In Penang herrscht über allen Dingen, über den Kalkwänden der Häuser, über den breiten Blattflächen der Palmen und über der Haut der Menschen ein ewig blaues Licht. Immer ist eine Bläue dort über allem wie ein beständiger Mondschein mitten im Sonnenschein. Das blaue Licht von Penang ist wie der bläuliche Schimmer einer unsichtbaren elektrischen Bogenlampe, ist über den Springbrunnen der Gärten, über den Pflastersteinen, über den Wasserspiegeln des Meeres und selbst über den Panzerplatten der vorüberfahrenden Kriegsschiffe gleich wie ein Phosphorleuchten mitten am Tage. Und die Bläue macht den Muschelkalk der Häuserwände transparent, als könnten die Menschenschritte hier durch die geisterhaften Wände gehen, als wäre die Stadt nur ein bläuliches unwirkliches Schlafbild mitten unter der wachen Tropensonne. Niemand hat das bläuliche Licht von Penang jemals erklärt, aber es ist immer da, und die eingeborenen Photographen malen selbst auf die Ansichtskarten, auf Gesichter und Landschaft, diesen Mondschein im Sonnenschein.

Auch Gabriela Tatotos weißes Landhaus lag im Gartengrün mitten am Tag mit mondblauen Wänden, die wie zu stark geblaute Wäsche leuchteten.

Der malaiische Photograph Fuluo Holongku in Penang hatte dieses Haus schon dutzendweise auf Ansichtskarten mit zarter Bläue bemalt, denn die Kurtisane schenkte gern ihr Hausbild mit Gartenansicht an ihre Freunde. Aber niemals verschenkte sie ihr eigenes Bild. Sie fürchtete sich, abergläubisch wie alle Asiaten, vor dem bösen Blick fremder Augen – vor bösen Augen –, die ihr Schaden bringen würden, und vor bösen Wünschen, die sich auf ihr Bild richten könnten.

Nur einmal hatte sich Gabriela von Holongku photographieren lassen. Aber als er die Bilder ablieferte und sie ihr Gesicht dutzendweise vor sich sah, erschrak sie, geriet in Angst und verbrannte noch am Abend alle Bilder mit eigener Hand. Der Photograph Holongku besaß trotzdem ein Bild von der Tatoto, ein Bild, das die Kurtisane nackt zeigte und das sie selbst noch niemals gesehen hatte. Holongku trug dieses heimliche Bild in das Futter seines Hausrockes eingenäht; denn es soll Glück bringen, das nackte Bild einer Kurtisane stets bei sich zu tragen. Der

Photograph war auf leichte Weise in den Besitz dieses Bildes gekommen.

Gabriela hatte damals Holongku zu sich in die Villa gerufen, um sich photographieren zu lassen. Es war zu Beginn der heißen Zeit, die Kurtisane war schläfrig und von ihrer Hongkongreise eben erst zurückgekehrt.

Die Tatoto lag in einem langen Strohsessel im schattigsten Zimmer des Hauses. Die grünen Schutzdächer an den langen Fenstern waren herabgeklappt, die Scheiben bis zur Diele geöffnet, aber die Kalkdecke im Zimmer strahlte wie immer ihr bläuliches intensives Licht aus. Gabrielas chinesischer orangefarbener Seidenmantel war weit geöffnet und zeigte den schmalen Leib der Kurtisane wie das Fleisch einer geschlitzten Mangofrucht in rotgelber Schale. Über den nackten Arm der schönen Frau stieg behutsam mit den langsamsten Schritten der Welt ihr Spielzeug, ein kleines Chamäleon, das wie ein winziges graues Gespenst im Zimmer umging.

Der Photograph wurde in das Haus eingelassen, und da er bestellt war, folgte ihm niemand von der Dienerschaft durch den Vorsaal. Er hob die Strohmatte von der Tür und sah die nackte Kurtisane eingeschlafen. Blitzschnell vereinigten sich in dem Malaien Gedanke und Wunsch, das Bild der nackten Frau zu besitzen, um es bei sich zu tragen. Unhörbar klappte er das Aluminiumgestell seiner kleinen Straßenkamera auf und photographierte rasch, von der Türschwelle aus, die Schlafende. Er hätte gern vorher von Gabrielas Oberarm das kleine häßliche Chamäleon verscheucht, das dort auf drei Beinen stillstand und das vierte Bein wie ein Jagdhund abwartend in die Luft streckte. Aber das kleine graue Tier sah unter seinen Augenklappen regungslos in das blaue Licht der Zimmerdecke und rührte sich nicht auf dem Arm der Schläferin.

Der malaiische Photograph kauerte nach einer Weile im Vorzimmer auf der Diele und schien mit orientalischer Ruhe auf das Erwachen der Dame zu warten. –

Holongkus Herz pochte heftig, als er später zu Hause in seiner Dunkelkammer das kleine Bild der nackten Kurtisane auf der Platte hervorrief. Am nächsten Morgen nähte er einen Papierabdruck davon in seinen Hausrock und wußte jetzt, daß er zeitlebens Glück haben werde. Nur durfte er von dem Bilde zu niemandem sprechen. Aber das Glück kam in wahnwitziger Gestalt. Wollüstige hitzige Träume bedrängten den armen Mann. Die nackte Tatoto kam nachts, wie in einem gelben Feuermantel, an das Bett des Malaien und legte sich in seinem Schlaf zwischen ihn und seine junge Frau. Und wenn er zugriff und die Kurtisane umarmen wollte, hing ihm das steife grinsende Chamäleon am Herzen. Bei Tag ging die nackte Tatoto vor ihm her über das bläuliche Pflaster von Penang. Stundenlang starrte der junge Photograph geistesabwesend in das blaue Licht von Penang und stand, wie ein Träumer im Mondschein, mitten im Sonnenschein. Nur wenn er seinen Hausrock ablegte, darinnen Gabrielas Bild eingenäht war, atmete er leichter. Öfters geschah es, daß Holongku seinen euroäpischen Anzug anzog, seinen europäischen Strohhut aufsetzte und zum Hafen ging, wenn ein ausländisches Postschiff signalisiert wurde. Dann verkaufte er auf dem Promenadendeck des angekommenen Dampfers bemalte Photographien und Postkarten von Penang an die Weltreisenden. Für eine kurze Stunde legte er dann mit seinem Hausrock seine unruhige Leidenschaft zu der Kurtisane ab.

Wenn Holongku im Hafen auf einem Dampfer war, saß seine junge sechzehnjährige Frau vor dem Atelierhaus auf dem Treppenabsatz unter dem Schlingpflanzendach. Die weißen Treppensteine leuchteten bläulich, und Marmies weiße Augäpfel schimmerten ebenso bläulich. Die junge Frau stellte jeden Nachmittag einen kleinen Tisch auf die schattige Haustreppe und saß dort stundenlang und bemalte Dutzende von Ansichtskarten, bis ihr Mann wiederkehrte. Marmie saß heute wieder an ihrem gewohnten Platz, und hinter ihr funkelten die Atelierscheiben im Gartengrün, wie die Fenster eines Aquariums. Marmie saß getreulich und emsig über ihre Postkarten gebeugt. Ihr schwarzes glattgescheiteltes Haar spiegelte bläuliche Glanzlichter. Dieses lackschwarze Haar wurde oft drüben über der Straße von dem chinesischen Korbflechter Ling-Sung beträumt.

Der Chinese hatte seine offene Korbflechterei dem Photographenhaus gegenüber. Dort wurden aus weißem Rohr von vielen halbnackten Chinesen große verschnörkelte Strohsessel und Strohsofas kunstvoll nach englischen Vorlagen gearbeitet. Ling-Sung, der reiche Besitzer dieses Geschäftes, saß nachmittags in der Straße in einem großen Schaukelstuhl. Er war stets nur mit einer schwarzen Kalikohose bekleidet. Sein Oberkörper war nackt. Er zeigte seine gelbe glänzende Bauchkugel der Sonne und schlief unter einem getrockneten Palmfächerblatt, das er sich über die Stirn gelegt hatte. Seine beiden vom Fett angeschwollenen nackten Arme hingen zu beiden Seiten des Schaukelstuhles vom feisten Leib herab. Die schwarze Kalikohose glühte wie schwarzer kochender Asphalt in der Sonne, und die gelbe Leibkugel stand voll glitzernder Schweißperlen und glänzte wie eine fette geblähte Pastete. Wenn Ling-Sung nicht schlief, schaukelte er, und sein langer Zopf hing hinter der Stuhllehne bis auf das Pflaster und bewegte sich wie ein Perpendikel. Um ihn arbeiteten seine Leute gebückt über das Strohgeflecht, teils in der offenen Haushalle, teils auf der leeren breiten Straße. Ling-Sung konnte stundenlang in seiner liegenden Stellung schaukeln und zur Photographin hinüberstarren.

Er träumte sich dann nach China hin, in seine Heimatstadt, und von dort wollte er sich später eine Chinesin zur Frau holen, schwarzhaarig wie die Photographin drüben. Halb schlafend, halb träumend beging er in erhitzten Gedanken, sorglos und unschuldig wie alle Schlafenden, manchen Ehebruch mit der Photographin. Aber wenn er wieder erwachte, dachte er nur nüchtern an seine Korbflechterei und kassierte emsig in der Stadt ausstehende Gelder ein.

Auch der malaiische Photograph schuldete dem Chinesen einiges Geld, aber Ling-Sung wartete großmütig, teils weil er Holongkus Nachbar war, teils weil ihm die Frau des Photographen angenehme Träume umsonst gab.

Marmie, die Photographenfrau, saß jeden Nachmittag völlig ahnungslos auf ihrer Treppe vor dem Tisch und bemalte ihre Ansichtskarten von Penang mit bläulicher Farbe. Sie dachte mit keinem Gedanken an den Chinesen und wartete nur auf die Heimkehr ihres Mannes, in den sie treu verliebt war.

Täglich ist in Penang eine schwüle Gewitterluft wie in einem Brutkasten, und wie mit blauer Elektrizität geladen glühen alle Erdkörper. Stundenlang über das Vergrößerungsglas einer Lupe gebückt, hatte Marmie sich heute müde gemalt. Sie ging in den Hausgang und holte den

Hausrock ihres Mannes, legte ihn auf ihr Knie und wollte einen abgerissenen Knopf annähen.
Die Zisternen im Garten rochen dumpf, und die glatten Blattflächen der Fächerpalmen warfen grelle Glanzlichter, wie große weiße Brennspiegel. Marmies Stirn schmerzte, und sie schloß nach dem Einfädeln der Nadel einen Augenblick ihre Augen.
Dieser Augenblick aber wurde schnell zu einem Schlafbild von einigen Sekunden, zu einem blitzschnellen Traum, der die Scheinzeit von Jahren annahm.
Marmie träumte, der Chinese Ling-Sung verlangte plötzlich sein Geld. Er stand vor ihr und klopfte auf den Tisch und forderte energisch die Zahlung, weil er nach China reisen und sich verheiraten wollte. Marmie bettelte für ihren Mann um Aufschub, aber Ling-Sung war unerbittlich. Dreihundert Yen für Korbstühle und Sofas, die Ateliereinrichtung, sollten sofort bezahlt werden. Sonst würde der Chinese heute abend den Photographen schlachten lassen und ihn rösten, wie die Menschenfresser in Sumatra drüben es tun, und mit seinen Verwandten zusammen Holongku als Hochzeitsschmaus verzehren. Marmie sah schnell im Traum die finsterbewaldete Küste von Sumatra über der Malakkastraße, wo Menschenfresser heute noch Freunde und Verwandte schlachten, wie man sich in Penang erzählt. Marmie schauderte und verwechselte im Traum China mit Sumatra und glaubte fest, daß der Chinese dort hinüberreisen würde und ihren Mann als Hochzeitsschmaus mitschleppen wollte, wenn er nicht bezahlen würde.
Rasch fiel ihr ein Vermächtnis ihres Vaters ein. Dieser, ein Malaie, hatte manchmal erzählt, daß man Menschen töten könne, wenn man ihr Bild oder ihre Photographie mit ei-

ner Nadel durchsteche. Der Stich muß die Brust treffen, und dabei soll man das malaiische Wort »Lulauû« laut und deutlich aussprechen. Die Hand darf nicht zittern. Man muß die Nadel auf der Photographie in die Herzgegend der betreffenden Person ansetzen und beim Wort »Lulauû« durch das Bild stechen, aber die Nadel darf nicht abbrechen.
Marmie beschloß im Schlaf den Chinesen Ling-Sung auf diese Weise zu töten. Sie suchte in der Tischschublade nach seiner Photographie, denn der Chinese hatte sich für seine Braut photographieren lassen. Und Marmie versprach sich mit ihrer raschen Tat für ihren Mann schnelle Hilfe vor dem chinesischen Menschenfresser.
Sie sah noch einmal Ling-Sung starr ins Auge und sagte: »Also, du gibst meinem Mann keine längere Frist mehr, Ling-Sung?«
»Nein, die Hochzeit ist morgen«, sagte der Chinese, und sein gelber Wanst glänzte feist in der Sonne wie die gelben Tonnen, die im Hafen von Penang im Meerwasser schwimmen.
»Gut«, sagte Marmie entschlossen, nahm ihre Nähnadel und stach sie in das Brustbild des Chinesen und rief laut: »Lulauû!«
Der Chinese wurde blauweiß, wie die Luft von Penang, und fiel steif vor Marmie auf den Erdboden.
Tief seufzend und wie mit einer schweren Bürde beladen erwachte Marmie. Sie hörte noch deutlich ihre Lippen »Lulauû« sagen. Ihr Ohr hörte noch das Papier der Photographie unter dem Nadelstich knistern. Der Chinese war umgefallen und ermordet von Marmie. Marmie erwachte jetzt vollständig und lächelte über den seltsamen Traum.

Über der Straße lag wie immer friedlich atmend der feiste Chinese Ling-Sung im Schaukelstuhl. Er ließ seinen Pastetenbauch braten, und um ihn arbeiteten die Korbflechter mit ihren weißen Bambusrohren.
Marmie suchte nach ihrer Nadel, die sie im Schlaf verloren hatte. Sie fand sie im Hausrock ihres Mannes stecken, als ob ihre Hand im Schlaf genäht hätte.
Marmie erinnerte sich, daß ihr Mann gerade heute die Rechnung bei dem Chinesen drüben bezahlt hatte; und es konnte keine Rede mehr von einer Schuld sein. Sie nähte, erleichtert aufatmend, den Knopf an den Hausrock, ging dann hinein und hängte den Rock im Hausflur an seinen Platz. Darnach malte sie wieder emsig an ihren Postkarten weiter.
Nach einer Weile kam Holongku vom Hafen zurück. Die Ehegatten nickten sich zu. Der Mann trat ins Haus, wechselte seinen Rock und ging dann in das kleine dunkle Laboratorium zu seinen Chemikalien. Die Frau draußen hörte ihn eine halbe Stunde mit Glasplatten und Flaschen hantieren. Dann kam er wieder heraus auf die Treppe. Er stand sehr bleich vor Marmie, strich sich mit den Händen über das Gesicht und sagte zu seiner Frau, er fühle Übelkeit im Leibe. Ihm war, als röche das ganze Haus nach einem ekelhaften Leichengeruch.
Marmie stand bestürzt auf und ging mit ihrem Mann durch die Zimmer und durch den Garten. Sie suchten beide, ob nicht irgendwo eine verreckte Eidechse oder ein toter Papagei in Verwesung hingeworfen seien. Sie fanden nichts im Garten und gingen noch einmal durch die Zimmer im Haus. Die Frau roch nirgends etwas, aber Holongku beruhigte sich nicht. Er fand, daß der Leichengeruch in seinen Kleidern säße, und als sie gerade in der

Küche standen, schleuderte er den Hausrock ab und warf ihn auf den kalten Herd. Da mußte Marmie lachen und lachte ihren Mann aus, und dieser ging ohne Rock zurück an seine Arbeit.
Aber es dauerte nicht lange, da kam Marmie zu Holongku in das Laboratorium und klagte über einen Brandgeruch im Hause.
Beide machten sich wieder auf die Suche, und als sie die Tür zur Küche öffneten, schlug eine große Flamme vom Herd in die Luft, und der Hausrock flog ihnen, verbrannt zu einem flachen schwarzen Aschenlappen, vom Herd entgegen.
Sie stellten fest, daß noch etwas Glut im Aschenkasten gewesen war und daß der Hausrock, getränkt mit chemischen Dünsten, einen Funken geweckt hatte und verglimmt war. –
Am nächsten Nachmittag, ehe der Photograph zum Hafen ging, kam der Chinese Ling-Sung von drüben aus seinem Haus, kam herüber über die Straße und blieb an den weißen Stufen des Treppenabsatzes stehen, wo Marmie wie immer ihre Postkarten malte.
Die junge Frau sah erstaunt von ihrer Arbeit auf und dachte einen Augenblick: »Der Chinese steht da wie gestern nachmittag, als ich von ihm träumte und mit der Nadel sein Bild durchstach.«
Ling-Sung winkte dem Photographen und flüsterte ihm ins Ohr: »Die Gabriela Tatoto ist gestern nachmittag in ihrem Landhaus gestorben. Eine Schlange kam aus ihrem Garten und hat sie in die nackte Brust gebissen, als sie auf ihrem Stuhle lag und schlief. Die Schlange wollte Jagd auf das Chamäleon machen, das immer auf Gabrielas Arm saß. Aber die Kurtisane erwachte und schlug im Schreck

nach der giftigen Schlange, die dann wütend zubiß. Die Tatoto ist kurz darnach am Giftbiß gestorben. Alle Leute machen heute Jagd auf die Schlangen in ihren Gärten. Ich möchte gern Ihr Mungos heute abend leihen, um auch meinen Garten absuchen zu lassen.«

Der Photograph versprach Ling-Sung das Mungos für den Abend, und der Chinese ging dankend und grüßend wieder hinüber.

Marmie lief in die Küche und holte das kleine Mungos von der Kette, lockte es in den Garten und ließ das Tierchen, das der beste Schlangenwächter ist, die Büsche absuchen.

Aber ihr Mann griff sich, als er allein war, an die Brust und atmete erleichtert auf, da er das Bild der verführerischen Kurtisane nicht mehr im Futter seines neuen Rockes fühlte, das Bild, das Marmie gestern im Schlaf durchstochen hatte und welches mit dem Rock am Herd verbrannt war.

Holongku war von jetzt ab nie mehr abwesend und vergeistert und starrte nicht mehr stundenlang in das blaue Licht von Penang, das wie Mondschein im Sonnenschein ist.

LIKSE UND PANULLA

Likse, eine chinesische Wasserverkäuferin, und Panulla, eine singhalesische Straßendame, saßen im Haftlokal der Polizeistation auf der »Gelben Straße« in Singapore.
Es ist morgens sechs Uhr. Beide Frauen sind in der Nacht betrunken von der Straße aufgelesen und in das vergitterte Haftzimmer gesteckt worden. Der einfenstrige Raum liegt im ersten Stock eines einstöckigen indigoblauen Hauses. Das Gitterfenster reicht bis zur Diele. Likse und Panulla sind von den Stühlen, auf denen sie geschlafen, aufgestanden. Sie hocken am Boden bei dem Gitterfenster, schauen auf die lebhafte Morgenstraße hinunter und warten auf ihre Haftentlassung.
Likses Kopf ist wie ein gelber, großer, ausgehöhlter Kürbis, in den man ein Licht gestellt hat. Ihre Augäpfel leuchten noch prall von übernächtiger Trunkenheit. Panulla hat noch rot und weiße Schminke und Puderreste im Gesicht. Ihre Wangen sehen aus wie zwei künstlich gefärbte Stücke Zucker. Beide Gesichter, das gelbe und das rosaweiße, kleben an dem Gitter und verfolgen interessiert den Straßenlärm unten in der »Gelben Straße« von Singapore.
Nackte Malaien, halbnackte, grobblau gekleidete Chinesen, Bananenhändler, Wasserträger, Fischverkäufer, Garküchenkarren und Rikschawagen rennen durcheinander, schieben und poltern über die Pflastersteine. Räder und Menschenstimmen überlärmen sich mit ruckhaften Sätzen. Die beiden Weiber am Gitterfenster begrüßen Bekannte unten, Gesichter nicken herauf, Hände winken.
Vom dröhnenden Straßenleben zittern die Eisenstäbe des

Gitters, daran sich die Finger der beiden Frauen festhalten. Likse, die Chinesin, hat weite, schwarze, glänzende Kalikohosen an und eine blaue schräggeknöpfte Leinenjacke. Ihr lehmgelbes Gesicht grinst immer freundlichst. Ihre eingedrückte Nase schnuppert zwischen den Eisenstäben sehnlichst nach der Straße hinunter. Panulla in einem alten japanischen Krepp-Kimono von rosagrauer Farbe, rote Ahornblätter darauf eingefärbt, hockt am Boden. Ihr schmaler Hals dreht sich wie ein Reiherhals hin und her. Sie verfolgt alle Vorübergehenden mit beweglichem Kopf, als möchte sie gleich einer Störchin die Leute wie Frösche aus einem Sumpf zu sich heraufangeln.
Die chinesische Likse ist grobknochig. Ihre derben Brüste und ihr Gesäß sind dick wie Wassermelonen. Panulla aber ist wie ein Heupferdchen schmal und wetzt ihre Knie hüpfend am Gitter, wenn sie bekannte Matrosen auf der Straße begrüßt.
Allmählich sammelt sich ein Bekanntenkreis von chinesischen Barbieren, malaiischen Wagenziehern und chinesischen Kuliweibern unter dem Fenster an. Unter viel Geschrei unterhalten sie sich mit den gefangenen Weibern. Einer wirft ein paar Bananen hinauf, ein Fischhändler ein paar dünne Fische. Die breitmäulige Likse verschlingt die lebenden rohen Fische. Panulla lutscht an den Bananen.
Aus einer chinesischen Bar, über der Straße, kommt ein junger Mensch gerannt. Er hat einen langen Bambusstab in der Hand; darauf ist ein Stück Schwamm gebunden. Den feuchten Schwamm reicht er den gefangenen Frauen hinauf.
Likse schnuppert und riecht sofort, daß der Schwamm in Branntwein getaucht ist. Panulla errät den Branntwein aus Likses Augen, und beide Weiber pressen gierig ihre offe-

nen Mäuler durch die Gitterstäbe, um den Branntweinschwamm zwischen die Lippen zu bekommen.
Kaum hat Likse den Schwamm mit der Nase berührt, versucht Panulla die Chinesin zur Seite zu zerren. Die aber bleibt unerschütterlich auf ihren zwei stämmigen Beinen stehen, schnappt nach dem Schwamm und saugt.
Der Bekanntenkreis unten brüllt ein heulendes Gelächter, denn Panulla ist wie ein Affe auf Likses Schulter gesprungen und würgt Likse von rückwärts am Hals, damit die Chinesin keinen Schluck Branntwein in den Magen hinunterschlucken kann.
Likses gelbes Kürbisgesicht wird braun wie ein irdener Krug. Sie würgt und schlingt und will Panulla abschütteln. Die dünne Malaiin hängt wie eine Zange am Hals der dikken Chinesin. Likse fällt auf die Knie, prustet den Branntwein aus den Nasenlöchern, und immer noch reitet Panulla auf der breiten Chinesin wie ein Jaguar, der sich in einen Elefantenrücken eingebissen hat.
Die gelben Zuschauergesichter auf der Straße tanzen wie Reihen gelber Lampions im Winde, und viele Köpfe stoßen im Gelächter zusammen.
Panulla hat endlich, über den Rücken der Chinesin hinweg, den Schwamm durch das Gitter mit den Zähnen erschnappt, ihn mit dem Mund von der Bambusstange gerissen, den Branntwein mit den Lippen ausgesogen und den Schwamm dann blitzschnell zurück auf die Straße gespuckt.
Aber jetzt erhebt sich furchtbar die knochige Chinesin von der Erde, schnaubend wie ein Flußpferd, das ans Land steigt. Ehe sich Panulla, die am Gitter hängt, die Schrekkensgesichter der Zuschauer unten auf der Straße erklären kann, hat die mächtige Likse die Malaiin von rückwärts

am Haar zur Erde gerissen. Das Haar geht auf, und die chinesische Wasserträgerin schleift die Straßendirne wie an einem schwarzen Strick in den Hintergrund des schmalen Haftlokales.
Die Zuschauer stehen noch ein paar Augenblicke unten und warten. Ihre gestreckten Hälse reichen nicht bis zum ersten Stock, um in die Zimmertiefe zu schauen, und da weder Panulla noch Likse wieder am Gitter erscheinen, gehen alle lachend auseinander; das Straßenleben eilt eintönig lärmend wie vorher unterm Fenster vorüber.
Auf den Steinplatten hinten an der Zimmerwand liegt Panulla in der einen Ecke wie eine fortgeworfene Puppe mit ausgerenkten Armen und komisch verbogenen Beinen, als ob ihr ein Wirbelwind alle Glieder in den Gelenkkugeln verdreht hätte. Ihr rosa Kimono liegt zerschlitzt in vielen Fähnchen unter ihr. Als hat sie Lust zu lachen, verzerrt Panulla die Mundwinkel und zeigt die Zunge wie einen blauen Lappen. Ihr Haarstrang ist fest, gleich einer Henkerschnur, um ihren Hals geknotet. Die Malaiin rührt sich nicht mehr.
In der anderen Ecke der Zimmertiefe ist Likse rückwärts über einen Stuhl gestürzt. Ihre Beine stehen gespreizt in die Luft nach der Zimmerdecke. Ihre gelben Waden schauen aus den schwarzen zurückgefallenen Kalikohosen. Das gelbe Gesicht der Chinesin steht verkehrt auf dem Fußboden und scheint wie eine leuchtende Lampe durch das dunkelblau getünchte Zimmer. Die blaue Jacke ist von der linken Brust gerissen. Der kleine Glaskopf einer Stecknadel blitzt neben der Brustwarze. Kaum ein einziger kleiner Blutstropfen sammelt sich langsam um den Stecknadelknopf und erstarrt zu einem winzigen roten Kreis.

Likse hat Panulla mit der Malaiin eigenem Haar erwürgt, und Panulla hat der Chinesin im Kampf eine Stecknadel so tief in die Brust gestochen, daß die Nadel das Herz traf und bis zum Nadelkopf im Fleisch steckenblieb.
Likse und Panulla sind tot. Die Malaiin bekommt allmählich durch die Totenstarre einen schiefen Ausdruck, als ob sie spottet.
Das Wagenrütteln der Straße erschüttert den Fußboden, und Likses ausgestreckte Beine schaukeln in der Luft, als ob sich die Chinesin im Kopfstehen übe.
Die erwürgte Malaiin hat eines ihrer verdrehten himmelnden Augen auf die Beine der Chinesin in die Luft gerichtet. Das andere Auge sieht nach der entgegengesetzten Seite zum Fenster.
»Schau, Likse! Jetzt kommt ein Monsungewitter!« grinste Panullas Augapfel und verdunkelte sich bräunlichrot unterm Gewitterhimmel, während ihr anderer Augapfel, beschienen von der Indigowand des Zimmers, blau leuchtete.
Likses Beine wippten beim einsetzenden Sturmwind, der das Haus schüttelte. Es war, als fluchte ihr offener Mund:
»Verdammt, ich habe meine Kinderwäsche noch auf dem Hausdach zum Trocknen! Der Regen wird alles fortschwemmen. Ich muß heimrennen.« Und Likses Beine wackelten noch lebhafter.
Panulla aber höhnte mit ihrem schiefen Blick stillschweigend: »Du wirst lange zappeln können! Von selber stehst du nimmer auf, Likse. Du bist ja mausetot, von mir, der Panulla, umgebracht, ehe du es ahntest, du viereckiges Chinesentier! Der winzige gläserne Nadelkopf paßt dir übrigens gut in deine Brustwarze.«

Die Chinesin grinste mit ihrem umgestürzten Gesicht, und aus ihren Nasenlöchern trieb der aufsteigende Alkohol, den sie ausgeprustet hatte, kleine lebende Blasen.
Panulla funkelte argwöhnisch mit ihrem blauen Augapfel: »Ich glaube gar, du willst wieder atmen, Likse!«
Der erste Blitz bestrich Likses Gesicht noch gelber, so daß ihr breiter offener Mund bis an die Ohren glänzend zu lachen schien.
Auf Panullas Stirn bildeten sich kleine glitzernde Schweißperlen, als ob die Gedanken, die von ihr noch im Haftlokal umgingen, sich auf ihre Stirnhaut niederschlugen und sich dort kristallisierten; und diese glitzernden Gedanken wiederholten nochmals das Gespräch von heute nacht, das Likse und Panulla hier im Haftzimmer vor Sonnenaufgang hatten.
»Der Mensch muß töten können«, hatte die Malaiin belehrend behauptet. »Wer nicht töten kann, beleidigt den Tod und lebt nur halb.
Siehst du, Likse, die eine Hälfte des Mondes ist einmal schwarz und jeden Monat einmal weiß. So muß der Mensch sein, Likse. So wie du auf einer Stange zwei Eimer auf den Schultern über die Straße trägst und sich die beiden Eimer an der Stange das Gleichgewicht halten müssen, so balancieren Leben und Tod an der Weltstange. Jeder Teil der Welt will seinen Teil von dir. Man muß leben können, man muß aber auch töten können. Leben und Töten wollen gelernt sein. Hör zu!
Einmal lag ich mit einem reichen Mann in meinem Zimmer zu Bett. Um Mitternacht erwachte ich und sah im Dunkeln ein grünes Licht durch das Türbrett kommen. Ich glaubte, ich schliefe noch, und rieb mir die Augen. Im Licht, das lautlos eintrat, sah ich die Schattengestalt einer

Frau, die glitt unhörbar, immer von dem grünen Licht umgeben, zu meinem Waschtisch. Sie nahm meinen Kamm und kämmte damit ihr feuriges Haar. Ich hörte deutlich die Funken knistern und sah den weißen glühenden Kopf des Gespenstes im Spiegel über dem Waschtisch. Ich erkannte die Frau an ihrem Spiegelbild wieder. Sie war eine Freundin von mir und hatte vor mir in dem Zimmer gewohnt und dort ihre verliebten Besuche empfangen. Sie war ganz natürlich gestorben und kam jetzt aus dem jenseitigen Leben, um ihr Zimmer aufzusuchen, darin sie einmal einen jungen Mann ermordet hatte, den sie dann, wie man sagt, im Hauskeller verscharrt hat. Ich verstand ihre Erscheinung erst später und weiß jetzt, sie machte ihren köstlichsten Morderinnerungen wollüstige Besuche.
Halbaufgerichtet im Bett schaute ich auf ihr Gesicht im Spiegel, während sie sich noch immer mit meinem Kamm kämmte. Alle Gegenstände im Zimmer waren von ihrer Gestalt beschienen. Ich genoß eine nie gekannte Aufregung, und beim Anblick der glühenden Mörderin und bei dem wallenden Licht, das sie ausstrahlte, wurde mein Blut wie betrunken. Ich grub meine Fingernägel mit Angst und Genuß in den Hals des schlafenden Mannes an meiner Seite und zerdrückte seinen Kehlkopf wie eine Nuß zwischen meinen Fingern. Der Mann schlug ein paar Mal um sich. Das grüne feurige Licht des Gespenstes kreiselte und verschwand durch das Türbrett. Es war wieder dunkel im Zimmer, und der Mensch neben mir lag still. Ich zog meine Hände von ihm zurück. Der Mann rührte sich nicht mehr.
Ich zündete zehn Streichhölzer nacheinander an. Beim ersten Streichholz sah ich, daß seine Kinnlade ihm herunterhing; beim zweiten sah ich seine Augen, die ihm wie ge-

kochte weiße Fischaugen aus dem Kopf quollen. Zehnmal sah ich immer ein neues Stück von dem Toten. Die ersten fünf Male schauderte ich, aber die letzten fünf Male genoß ich den Toten neben mir wie eine Mahlzeit von fünf leckeren Gerichten. Ich wunderte mich, daß das Töten so unterhaltend war, und ich schlief kostbar befriedigt neben der Leiche ein, befriedigter, als wenn der Mann gelebt hätte.

Am Morgen wollte ich mit meinem vertrauten Hausdiener, der damals mein leidenschaftlich Geliebter war, den erwürgten Mann im Keller begraben. Emilio grub, und ich stand daneben und schaute zu. Kaum einen Fuß tief stieß Emilios Schaufel auf ein Gerippe. Wir warfen die Knochen heraus, gruben tiefer. Wieder lag ein Gerippe darunter, und noch tiefer noch ein Gerippe. Ich bin sicher: hätten wir weiter gegraben, die ganze Erde wäre mit Schichten von Menschengerippen ausgefüllt gewesen, denn alle Jahre, alle Jahrhunderte hatten vor uns in dem Hause, wie wahrscheinlich in allen Häusern der Stadt, gemordet und Gemordete begraben.

Früher war ich bei jedem Gewitter ängstlich. Jetzt fürchte ich keinen Blitz mehr. Ich fühlte bei den elektrischen Schlägen ein Kitzeln in meinen Fingern, wie damals, als ich den zappelnden Kehlkopf zerdrückte. Und wenn die Blitze draußen morden, bin ich aufgeregter, als wenn mich ein wilder Stier umarmen würde.

Gespenster sehe ich, wo ich gehe und stehe. Alle, die jemals gemordet haben, sind eine große, wollüstige, unsterbliche Familie und verkehren Tag und Nacht bei geschlossenen Türen und bei vergitterten Fenstern miteinander.

Ich bin jetzt nie mehr allein. Ich sehe die Mörder aller Zeiten vor Augen, wenn ich die Augen schließe. Ich sehe vor

und zurück – alles Blut, das geflossen ist, und alles Blut, das fließen wird.
Ob ich wache oder schlafe, es ist alles eins. Ich bin bei allen Morden dabei, die geschehen, und mein Blut lebt belustigt seitdem, wie eine brünstige Affenherde in meinem Leib.«
Der toten Panulla triefte, bei dem stummen Selbstgespräch ihrer alten Gedanken, wie vor lauter Genuß, ein langer Speichelfaden aus dem Mund. Likse steht immer noch auf dem Kopf. Der Donner draußen reibt sich an den Hauswänden, und Likses Beine werden nicht müde, hoch über der Stuhllehne zu wippen, als antworte sie auf Panullas Belehrung:
»Hei, Hö! Ich habe jetzt auch das Töten gelernt. Und, ich Likse, stelle mich auf den Kopf vor Vergnügen darüber. Das Töten ist eine viel lustigere Sache als das Wasserverkaufen. Und außerdem hast du doch nicht allen Branntwein bekommen, siehst du, Panulla. Ich habe noch ein paar Tropfen in der Nase.«
Likses Nasenlöcher trieben noch ein paar letzte große Blasen, welche zersprangen.
Dann wurde das mimische Gespräch der Toten abgebrochen. Die Tür öffnete sich, und die erstaunten Polizisten fanden die beiden Leichen der Weiber, die eine wie eine verrenkte Marionette in die Ecke geworfen, die andere wie eine kopfstehende Akrobatin vom Stuhl gefallen.
Niemand getraute sich während des Gewitters in das Zimmer zu treten und die Toten zu holen. Die Polizisten blieben starr unter der Tür stehen, wie Zuschauer vor einer Bühne. Nur die Monsunblitze, welche draußen in der Stadt wie Mordbrenner rasten, rannten rotfeurig durch das Fenster herein und um die beiden Leichen herum.

DER UNBEERDIGTE VATER

Die Jadestraße von Kanton, die so genannt ist nach den Juwelenläden voll von kostbarem Jadestein, ist die prachtstrotzendste Straße der Stadt. Trittst du in diese Straße, die wie alle durch ein Holzgitter von der Sargstraße, Metzgerstraße, Möbelstraße getrennt ist, glaubst du zuerst, du seist in eine übersinnliche Welt geraten. Die Jadeläden sind über und über vergoldet und von künstlichem vergoldeten Holzgitterwerk umrankt. Keine Glasscheiben trennen die Ladenräume von der Straße. Waldäste, vergoldete, und vergoldetes Blattgewirr, verschlungen in phantastischer Figurenwelt, hängen wie goldene Gardinen die Läden halb zu. Die Straße ist wie alle Kantonstraßen kaum für drei Menschen breit. Bei Regenwetter feucht und halbdunkel wie ein langer Kanal; dann grinsen die goldnen Ladenreihen wie spukhafte, goldene Scheiterhaufen, und smaragdgrün, indigoblau und purpurrot leuchten die senkrechten Ladenschilder wie unzählige Kulissen in der Straße. Drinnen laufen, lautlos gleich weißen Mäusen, die Chinesen in weißen, lila und hellblauen Harlekinkleidern, und ihre Köpfe erscheinen und verschwinden wie gelbe Vollmonde hinter den goldenen Ranken und bunten Kulissenschildern. – In dieser Gasse hatte Hei-Hee seinen Laden, hier hatte er sein ganzes Leben lang gelebt und war kaum je aus den Holzgittern der Straße hinausgekommen; erst jetzt, wo er starb, verließ er seit Jahren zum ersten- und letztenmal den Jadeladen. Sein Leichnam wurde zu den Grabkammern gebracht; das sind kleine Häuser in einem besonderen Stadtviertel an den

Mauern von Kanton, wo die Toten auf die Beerdigung warten müssen.
Als Hei-Hees fünf Söhne die drei Särge des Vaters bestellt hatten, den silbernen, den elfenbeinernen und den Sandelholzsarg, die genau ineinander paßten und darinnen man den reichen Jadehändler in der Grabkammer aufgestellt hatte, und ein Bonze den Tag prophezeien sollte, welcher der günstigste für die Beerdigung war, da fanden die Söhne inzwischen, daß ihr Vater nicht der reiche Mann gewesen, für den ihn die Leute bei Lebzeiten gehalten hatten. Nur Schuldscheine und kein Geld fand sich im Laden, und alle Jadekunstschätze des toten Händlers reichten knapp, um die Schulden zu decken, aber nicht um die drei kostbaren Särge zu bezahlen. Die fünf Söhne überlegten eine ganze Nacht und wachten im Sarghause bei der einbalsamierten Leiche des Vaters. Die Sarghändler kamen am dritten Tage und sagten:
»Wir geben euch unbegrenzten Kredit auf die drei Särge, nur darf euer Vater nicht mit den unbezahlten Särgen begraben werden und muß in der Grabkammer bleiben, bis ihr die Sargkosten bezahlt habt.«
Das war nichts Außergewöhnliches in Kanton, und es ereignete sich öfters, daß die einbalsamierten Toten jahrelang liegen mußten, bis die Angehörigen die teuern Sargkosten bezahlen konnten.
Hei-Hees Söhne fanden darum die Rede der Sarghändler recht und billig und murrten nicht dagegen.
Die fünf Söhne berieten von neuem, und der älteste sagte:
»Ich werde nach Japan reisen und will dort versuchen, alten chinesischen Jadestein billig aufzukaufen und ihn dann in China, wo es jetzt immer weniger Jade gibt, teuer zu

verkaufen, und will mir bald ein Vermögen machen, um den Vater zu beerdigen.«

Der zweite der Brüder sagte: »Du wirst mit Jade nicht viel verdienen; ich werde nach Hongkong reisen und einen großen Opiumhandel anfangen. Mit meinem so erworbenen Vermögen werde ich die Särge eher bezahlen können als du.«

Der dritte sagte: »Jade und Opium stehen schlecht heute; ich werde nach Shanghai reisen und dort an der ausländischen Börse Geldmakler werden. Dort lehren uns die Fremden, deren Kriegsschiffe den Shanghaihafen füllen, daß man ohne Waren schneller ein Vermögen an der Börse machen kann als mit einem Lager von Jade und Opium. Ich werde mit schnellerworbenem Geld den Vater früher beerdigen lassen können als ihr.«

Der vierte der Brüder weinte und seufzte: »Ich werde hier am Sarge wachen, bis ihr drei wiederkommt, und werde jeden Morgen in die Opfertassen frischen Tee auffüllen und Wachskerzen kaufen und Sandelräucherwerk. Und der fünfte Bruder soll inzwischen den Laden hüten und mit den Jaderesten handeln, die wir noch besitzen, um wenigstens das Geld für die täglichen Ahnenopfer zu verdienen.«

So verabredeten es alle fünf und kehrten aus der Grabkammer zurück, um den letzten Nachmittag im Jadeladen zusammen zu verbringen.

Keiner der fünf hatte an die einzige Schwester gedacht, an das junge Mädchen, das ohne Vater und Mutter allein hinter dem Laden in den Wohnzimmern zurückgeblieben war. Sie saß dort unbeachtet im hintersten Zimmer, in der kreisrunden Tür, hinter dem Topfpflanzengarten und weinte in ihren seidenen Ärmel.

»Die Mädchen dürfen weinen und wünschen, die Männer müssen handeln«, hatten die Brüder einmal verächtlich zu ihr gesagt. Geweint hatte sie schon viel; aber was sollte sie sich wünschen? Sie schaute in das leere Haus, darinnen nur die dunkeln Perlmuttermöbel glitzerten. Verzweifelt nahm sie ihren grünen Jadepfeil aus dem schwarzen Haar und wollte ihn sich ins Herz stechen. Aber der glatte Pfeil sprang ihr aus den Händen, fiel hinaus auf das Porzellanpflaster des Gartens und zerbrach.

»Ich wünsche also nicht zu sterben«, sagte sie zu sich, »ich wünsche also weiterzuleben, sonst wäre der Pfeil nicht in meinen Händen zerbrochen. Der Pfeil ist vor meinem Lebenswunsch ausgewichen.« Und das Mädchen war froh, daß sie doch noch einen Wunsch zu leben hatte, denn eigentlich starb sie nicht gern. »Aber was soll ich mit dem Lebenswunsch anfangen«, dachte sie; »den Vater kann ich nicht begraben lassen, wie die Brüder können, also ist mein Leben unnütz. Wenn ich doch den Vater begraben lassen könnte, weil die Brüder jetzt kein Geld haben!«

Wie die junge Chinesin noch grübelte, was sie tun sollte, begann der Fußboden zu zittern, die bunten Glasscheibenwände, welche die Wohnzimmer voneinander trennten, begannen laut zu klirren, und im kleinen Gartenhof ertönte ein hohler Metallklang. Das junge Mädchen blinzelte erstaunt. In der Mitte des Hofes stand ein Silberbekken, darin sonst auf einer Metallspitze eine kleine Silberkugel balancierte; die Kugel war mit weithin tönendem Laut in das Becken gefallen. Das bedeutete Erdbeben, und bei dem Metallton mußten alle Hausbewohner flüchten.

Das Mädchen hörte Geschrei an allen Enden, es sah die Leute und die Dienerinnen kreischend durch das Haus fortstürzen. Die Wände schienen plötzlich zu wandern, die Zimmerdecke hob und senkte sich, die Blumentöpfe im Garten drehten sich alle im Kreis, die gelben und blauen Porzellanpflastersteine tanzten auf den Wegen. Das junge Mädchen sprang auf, aber wagte sich nicht vor und nicht zurück. Sie stand unter der Tür und klatschte in die Hände, um sich die Furcht zu vertreiben. Dann wurde die Luft grau voll Staub, daß sie nichts mehr sah. Die Ratten aus dem Haus liefen an ihr hoch, und eine blieb auf ihrem Kopf fest sitzen. Da rannte das Mädchen mit der Ratte auf dem Kopfe geradeaus, durch die zerbrochenen Glaswände der Wohnzimmer; sie mußte über gestürzte Stühle und große rollende Blumenvasen klettern. Sie lief blind durch die dicken Staubwolken, darinnen Hunderte von unsichtbaren Gegenständen krachten und stürzten. Sie wagte nicht mit den kleinen Händen nach der großen Ratte auf ihrem Kopf zu greifen. Aus dem Jadeladen waren ihre fünf Brüder in alle Winde fortgelaufen. Der rote Ahnenaltar am Eingang war eingestürzt, das junge Mädchen sprang über die Trümmer und wäre längst liegengeblieben, hätte sie nicht noch immer die Ratte auf ihrem Kopfe gefühlt. Sie stürzte durch die staubgefüllten Straßen, wie von der Ratte an den Haaren durch die Luft gezogen. Sie wußte nicht, daß sie durch brennende Häuser, über Tote und Verwundete hinweglief, bis es totenstill um sie wurde und sie sich auf einmal in dem Stadtviertel der Gräberhäuser, in der Grabkammer ihres Vaters sah. Dort sprang die Ratte mit einem Quietschlaut von dem Kopf des jungen Mädchens und grub sich vor ihr in die vom Erdbeben aufgewühlte Erde.

Das Mädchen kauerte am Boden und bemerkte gar nicht, daß der Leichnam ihres Vaters samt den drei Särgen verschwunden war. Als der Staub sich gelegt hatte, erschienen nach Stunden ihre fünf Brüder, einer nach dem andern, um nach dem toten Vater zu sehen. Aber wie erstaunten sie, als der Tote nicht zu finden war, und als sie am aufgebrochenen Fußboden entdeckten, daß die Erde ihren Vater samt seinen drei Särgen in die Tiefe gerissen und begraben hatte.

Das junge Mädchen sah auf und sagte: »Ihr sollt nicht staunen, ich habe als unnützes Mädchen gewünscht, den Vater zu begraben. Verzeiht mir, daß mein Wunsch für mich gehandelt hat; ich weiß, daß ich als Mädchen kein Recht zu handeln hatte.«

Da freuten sich die fünf Brüder und antworteten ihr: »Die Sarghändler dürfen keinen Toten mehr ausgraben, der einmal unter der Erde ist. Wenn du den Vater mit deinem stillen Wunsch begraben konntest, Schwester, dann bist du als schwaches Mädchen stärker mit deinem Weinen und Wünschen gewesen als wir Männer mit allem Handeln.«

Lei-Futsche, einer der jüngsten und angesehensten der Mandarinen von Shanghai, war am gleichen Tage wie der junge chinesische Kaiser geboren; in derselben Stunde, in derselben Minute, und sein Horoskop, das ihm die Sternkundigen aufstellten, stimmte eigentümlicherweise genau mit dem kaiserlichen Horoskop überein. Das wußte aber außer Lei-Futsche und seinem Freund Te-Po, dem Astrologen, niemand, und der Mandarin hütete sich wohl, mit jemand anders als mit Te-Po darüber zu reden. Die Kaiserin-Witwe, die damals statt des für immer als unmündig erklärten Kaisers regierte, hätte Lei-Futsche seines Horoskopes halber sofort gehaßt und gefürchtet, so wie sie den jungen Kaiser haßte. Eines Nachmittags lud der Mandarin den Astrologen in den Mandarinenklub von Shanghai ein, zu einer ganz außergewöhnlichen Stunde.
Te-Po erstaunte darüber. Er betrachtete auf seinen Sternkarten die Stellungen der Sternhäuser und stutzte; er ersah, daß seinem Freund heute der Tod drohte. Der Skorpion trat in das Haus des Planeten Jupiter, und dieser Planet war von lauter todbringenden Sternen umstellt und keine Rettung von irgendeinem günstigen Sternbild zu hoffen. Als Te-Po noch über die Sternstellung grübelte, hörte er die Messingmusik und die Trommler vor seiner Tür, und er zog sein enzianblaues Seidenkleid über das lilaseidene Unterkleid und stieg in die gelbe Sänfte, die ihm der Mandarin geschickt hatte.
Acht Sänftenträger, Soldaten, Trommler, Ausrufer rannten mit ihm in langem Zug durch die winkeligen Shanghai-

straßen. Sie kamen zuletzt durch die Budenreihe der Bilderstraße, wo die Straßenmaler hinter den weißen Reisbildern saßen; Bilder füllten, wie weiße lange Fahnen, von der Decke bis zur Erde, jede der Buden. Und Te-Po dachte bei sich: Das Leben auf dieser Welt ist wie eine Bilderbude. Jeder hängt in sein Herz eine Reihe Erinnerungsbilder auf, wie die Straßenmaler tun, und die Bilder baumeln vor den Augen wie die Reispapierblätter im Wind, bis wir die Augen für immer schließen. Nicht einmal ein paar Bilder kann man in den Tod mitnehmen, auch die Bilder bleiben zurück, wenn der Maler stirbt.
Vor dem schmalen Gasseneingang an der Mauer des Mandarinenklubs in einem der engsten Shanghaiwinkel hielt die Sänfte. Im Mandarinenklub geben sich die Aristokraten der Stadt ihre gegenseitigen Einladungen. Der Klub besteht aus einem Gartenhof voll künstlicher Felsen; offene und geschlossene Lusthäuser aus rotem lackierten Holz stehen auf den kleinen künstlichen Gebirgen, zwischen Pflanzen und künstlichen Teichspiegeln. Die geschweiften, grauen Ziegeldächer der Häuser füllen in der sorgsam ausstudierten Wirrnis des engen Gartenraumes wie Riesenkähne den Himmel. Te-Po, geleitet von den sich bückenden Dienern, trat durch die unscheinbare Straßentüre ein. Zur linken Hand befindet sich die offene Halle des Hausaltars; vergoldete Holzwände umschließen von drei Seiten ein mächtiges goldenes Buddhabild. Die vierte Seite ist nach dem Hofraum offen. Ein langer Tisch voll Opferspeisen, wie ein Bahnhofbüfett, steht dort immer zur Schau, umgeben von einer Reihe brennender Kerzen. Te-Po bemerkte, daß der Opfertisch heute besonders reich mit gebratenen Ferkeln, gebräunten und dampfenden Gänsen und Hühnern angefüllt war. Der Fettgeruch

vom Altar schlug ihm warm wie der Dunst einer Garküche entgegen. Te-Po verstand, daß wahrscheinlich sein Freund, der Mandarin, diese üppigen Opferspeisen in der unbewußten Vorahnung des Todes gestiftet hatte. Der Gartenraum glitzerte maigrün im blauen Nachmittag. Nicht höher als mannshoch über den Teichen stehen die roten Balustraden der hölzernen Lusthäuser. Durch das Gewirr der künstlich ausgesägten und ausgehöhlten Felsen führen winzige Steinstufen hinauf. Der ganze Hof aus Steingebirgen hat kaum einige fünfzig Schritte im Umfang. Aber die Lusthäuser auf den Anhöhen verstellen mit ihren Giebeln die hohe Umrahmungsmauer des Hofes so geschickt, daß man sich in einem meilenweiten Felsenchaos glaubt. Manchmal schiebt sich eine Mauer mit gipsernem und rotbemaltem Drachenkopf herein in die Wirrnis, und die Teiche liegen wie schwarze Abgründe eng gezwängt vor den kulissenartigen Gebirgen; im pechschwarzen Wasser glänzen die goldenen Dachrinnen, die roten Balustraden, grüne Maiblätter und hohe Schilfstände. Der Mandarin Lei-Futsche empfing seinen Freund im Pavillon gegenüber der Halle des Hausaltars. Obgleich beide langjährige Freunde waren, verbeugten sie sich eine lange Weile nach chinesischer Sitte, als ob sie sich eben erst kennengelernt hätten. Sie lächelten fortwährend, ohne daß der eine dem andern seine Sorgen verriet, und sagten einander schöne Sätze, Anfänge von Gedichten und wohlwollende Sprüche.

»Ist die blaue Luft nicht die Wohltat des Himmels an die Erde!« wisperte der Mandarin und zog die vielen Ö-Laute der chinesischen Sprache singend hinaus. Sein Freund Te-Po antwortete ihm ebenso: »Und ist die Luft nicht das Reich der Singvögel, der Drachen und Gedanken! Mögen die Singvögel heute alle Drachen aus der Luft verbannen und mit deinen Gedanken um die Wette singen!« Der Mandarin komplimentierte unter zierlichen Verbeugungen seinen Freund zu der schwarzpolierten Opiumbank, die wie ein niedriges, viereckiges Podium im Hintergrund des Pavillons stand. Auf zwei dünnen, kupferroten Seidenkissen nahmen die beiden Herren Platz und zogen ihre Beine hoch. Der Mandarin klatschte in die Hände. Ein Diener, in langem himmelblauem Hemd, das bis an die Diele reichte, trat ein, stellte neben jeden Herrn zwei zugedeckte Teetassen und dazu zwei Schalen gebackener Mandelkerne. Die Herren hoben zum Gruß die Teetasse hoch, und jeder schob mit dem Porzellandeckel vorsichtig das heuartige Teekraut, das in der Tasse schwamm, zur Seite, und jeder schlürfte ein wenig von dem heißen, grünen Teesaft. Ein zweiter Diener hatte inzwischen eine kleine silberne Spirituslampe zwischen die Herren gestellt und überreichte zwei lange Opiumpfeifen aus Elfenbein. Jeder der Herren zündete eine winzige Opiumkugel, welche auf dem Pfeifenkopf lag, an der Flamme an, und jeder sog sein Opium mit ein paar langsamen Zügen auf; es war nur eine Erfrischungspfeife, keine Schlafpfeife, welche die beiden Herren rauchten. Sie gaben ihre Pfeifen dem Diener zurück, und unten aus dem Garten tauchten die Köpfe von zwei zehnjährigen Mädchen auf und das Gesicht einer blassen Frau. Die Frau war in dunkelblaue, fast schwarze Seide gekleidet, die Mädchen in hellblaue Seide, ähnlich den Dienern.

Die Diener führten wichtig und behutsam die kleinen Damen die Felsenstufen herauf. Die drei weiblichen Geschöpfe hatten künstlich verkrüppelte Huffüße und trippelten mit den Füßen kurz wie Ziegen aufstoßend herein.

Ihre grünseidenen Schuhe hatten einen weißen Absatz in der Mitte unter dem Fuß, so daß jedes Weiblein wie auf kleinen weißen Stelzen balancierte.
Die drei Damen hatten sich etwas verspätet und fürchteten sich jedenfalls vor der Ungnade des Mandarins. Der aber rief ihnen freundliche Sätze zu: »Hat deine Zunge heute die schönsten Flügel mitgebracht?« fragte er die dunkelblau gekleidete Frau. Diese verbeugte sich fortwährend zitternd und lächelnd, ihr Haar war fest gebürstet und gescheitelt, glatt wie schwarzer Lack. Es war Mi-Lee, die Historiensängerin, welche bei Gastmählern im Mandarinenklub alte Sagen und Heldenlieder vortrug. Ihr Gesicht wurde immer blässer, je mehr sie sich verbeugte, und war in dem dämmerigen Pavillon wie ein Silbergerät, das auch noch im Schatten leuchtet.
Dann ließ sich die blasse Mi-Lee auf einen Schemel nieder, und die beiden Mädchen saßen zu ihren Füßen bei Saiteninstrumenten, die ihnen die Diener brachten. Mi-Lee hüstelte und begann mit ihrem kleinen, weißen Taschentuch den Mädchen zu winken. Die schlugen die Saiten an, als ob viele Gläser klirrten, und unter ihren Fingern sprang ein Gegirr von Tönen in die Luft, als ob ein Haufen wilder Insekten surrte und schwirrte. Die brummende und rasselnde Musik füllte den Pavillon, und die Töne tanzten wie ein pfeifender Kreisel. Das hohle Dach des Lusthauses gab wie eine Muschel das Gesumm hundertfach zurück. Eingesponnen von Musik, Opium und Teeduft, saßen die beiden Herren auf ihrer gemeinsamen Bank. Jeder von ihnen knabberte geröstete Mandelkerne zwischen den Vorderzähnen, und jeder sah belustigt aus, und keiner zeigte seine trauernden Gedanken dem andern. Mi-Lee wurde blasser von Sekunde zu Sekunde und erschien dem Astro-

logen zuletzt wie eins der weißen Reispapierbilder aus der Budenstraße. Die Historiensängerin neigte den Kopf, drückte die Augen zu, stützte das Kinn in die Hand, die das Taschentuch hielt, und begann mit näselnder Stimme wie eine Singorgel zu erzählen: »Der Vogel Blaufeder kam in den kaiserlichen Garten, flog auf das Porzellanhaus des Kaisers, das hinter dem Schildkrötenteich liegt.« – »Wer muß heute sterben?« fragte der junge Kaiser seinen Eunuchen. »Der Vogel Blaufeder schreit über den Teich, das ist ein Zeichen, daß von der Kaiserfamilie heute ein Mitglied stirbt!« – »Wer muß heute sterben?« fragte der Eunuch und gab die Frage an die Ohrmuschel des Türhüters weiter. Der Türhüter, der den jungen, gefangenen Kaiser eingeschlossen hält, fragte: »Wer muß heute sterben?« und er betrachtete den kaiserlichen Gärtner, der zwischen den roten Fuchsien im Garten unter den Fenstern saß. »Wer muß heute sterben?« fragte der Gärtner mit den Augen seine Frau, die bei der Lieblingsfrau der drei Gemahlinnen des Kaisers Dienerin war.
Die Gärtnersfrau zitterte und ließ ihr Teetäßlein fallen, daß es zu Porzellanstaub zerbrach. Das Täßlein hatte ihr ihre junge kaiserliche Herrin geschenkt. Die Gärtnersfrau schaute erschrocken zu ihrem Mann, und ihre Augäpfel verschwanden, und vieläugige Tränen schauten ihren Mann an. Ihre Tränen glitzerten wie die Splitter von der Porzellantasse der Kaiserin, und der Gärtner riß sich an der Gartenschere, mit der er die Fuchsie beschnitt, und trocknete das Blut seines Fingers an seinem schwarzen Zopf ab, der sich über seine Schulter auf dem Achatsand des Gartens ringelte. Der Türhüter sah durch das Fenster verständnisvoll den Gärtner an, der sich geschnitten hatte. Der Türhüter biß die Zähne aufeinander, daß es knirschte

und der Eunuch des Kaisers sich nach ihm umsah. Der Eunuch wurde noch gelber als die Seide des Kaisers und erzitterte am ganzen Leib, da er über den Türhüter und Gärtner und über die Gärtnersfrau fort die kleine Tasse der Kaiserin in Splittern sah. Der Kaiser aber stand auf, trat an das Fenster, warf sein Taschentuch hinaus in den Gartenwind, damit das Tuch den Vogel Blaufeder verjage. Der Vogel flog nicht fort, sondern blieb und schrie bis zum Nachmittag, bis zur Stunde, da die alte Kaiserinwitwe mit ihrem Hofstaat in den Garten des jungen Kaisers trat und vor den Augen des Kaisers die erste der drei jungen Kaiserinnen, die der Kaiser am liebsten hatte, in dem Wasser des Schildkrötenteichs vom Eunuchen, dem Türhüter und Gärtner ertränken ließ.«

Mi-Lee, die Historiensängerin, war alt geworden, als sie das Lied der grausamen Kaiserin vor dem Mandarinen und seinem Freund zu Ende gesungen hatte. Gestützt auf die Diener, blasser, als sie gekommen, verließ sie das Lusthaus im Mandarinenklub. Lei-Futsche hatte ihr dieses Gedicht selbst aufgeschrieben und vor ein paar Tagen zugesandt. Sie wußte, daß der Tod darauf stand, wenn sie eine Legende aus dem Kaiserhaus öffentlich sang. Aber Mi-Lee kannte den Mandarin, und ihm zuliebe, auf die Gefahr des Sterbens hin, sang sie das Lied.

Einer muß heute sterben, wußte sie, als sie fortging, entweder diejenige, die gesungen hat, oder einer von denen, die zugehört haben.

Die Kulis brachten ihren Herrn, den Mandarin, eine Stunde später in der Sänfte nach Haus; aber als sie die Sänfte im Hofe seiner Wohnung niedersetzten, saß er tot darin und stieg nicht mehr aus.

In derselben Nacht noch wurde der Sterndeuter von den

Ausrufern, Trommlern und von Holzklappern geweckt, welche mit großem Lärm den Tod des jungen Kaisers noch vor Mitternacht in den Straßen von Shanghai ausriefen. Te-Po denkt noch heute darüber nach, ob sein Freund, der Mandarin Lei-Futsche, zum Gefolge der Kaiserseele gehörte, weil er mit dem Kaiser zu gleicher Zeit geboren wurde und mit dem Kaiser zugleich gestorben ist.

DIE AUFERSTEHUNG ALLEN FLEISCHES

Ozuma, der reiche Schildkrothändler von Nagasaki, hatte draußen vor der Stadt auf dem Hügel ein Haus mit einem Kirschgarten. Er zählte hundertfünf Jahre, sein Haar war weiß wie Milch, seine Hände dürr wie Schachtelhalme, aber sein Körper war ungebeugt. Er stand aufrecht in seinem Landhaus, dessen Papierwände weit aufgezogen waren, und er ließ die Leute von der Bergstraße aus durch sein Haus hindurch in seinen blühenden Kirschgarten schauen. Dort standen die Bäume wie mit rosa Daunen behangen, und darunter blühten scharlachne Rotdornhecken, die waren alt und verwachsen wie Korallenzweige. Zwei Fuß hoch über der Straße stand Ozuma in seinem schlafrockartigen, perlhuhngrauen Kaftan auf den strohgelben Bambusmatten seines Zimmers. Er hat zur Rechten die Bergstraße, zur Linken seinen rosa Blütengarten, darinnen jeder Blütenbaum voll Bienen wie ein Kochtopf brummte. So war es alle Tage im hellblauen Frühling, aber heute war ein grauer Frühlingsregentag. »Es regnet Fruchtbarkeit in den Garten und Gedanken auf die Straße«, sagte Ozuma, der alte und einsame, zu sich.
Alle seine Familienmitglieder waren tot. Enkel hatte er keine. Das schmerzhafteste für einen Japaner ist sonst die Einsamkeit. Aber sie war es nicht für Ozuma. Er redete mit allen Dingen, wie der Regen auf alle Dinge sein Echo gibt, und fand sich niemals einsam.
Seinem Hause gegenüber war das Teehaus der Bergstraße das einzige Haus am Wege. Dort fuhren die Rikschawagen, von Kulis gezogen, aus der Stadt und brachten

viele Europäer herbei. Ozumas Kirschgarten war bis Europa und Amerika berühmt und stand mit einem Stern versehen in den Reisehandbüchern der Fremden. Wenn ein ausländisches Schiff am Vormittag im Hafen von Nagasaki, unten am Berg, im Frühlingstag vor Anker ging, dann rollte ein paar Stunden später ein Dutzend der winzigen Wagen hinauf in den Bambuswald und fuhr bei Ozumas Haus vorbei zum Teehaus, und die Fremden kamen herüber und blickten von der Straße durch das Haus bewundernd in Ozumas Kirschenblüte. Ozumas offenes Haus war dann wie die kleine Bühne eines Wandertheaters von Zuschauern belagert, und der Alte stand, wie der einzige Schauspieler auf der Bühne, mit seiner kurzen Bronzepfeife, die er ab und zu am Aschentopf vor sich ausklopfte. Er hatte so viele eingewurzelte Falten in seinem Gesicht, daß man glaubte, er lache immer. Wenn Ozuma noch so traurig und gedankenvoll war, glaubte jeder, daß er in sich hinein kichere. Und doch war er inwendig so ernst wie ein Dutzend Gräber. Aber seine Falten lachten unabhängig von seinem ernsten Innern, wie eine Maske, die ihm längst nicht mehr gehörte und die er wie ein Schauspieler vor sein wirkliches Gesicht gebunden hatte. Ozuma hatte noch, als er neunzig Jahre alt war, Englisch gelernt, zu der Zeit, als das Fremde Mode wurde in Japan. Er sprach damals öfters mit dem Reisevolke vor seinem Hause, und einmal hatte er eine Aussprache mit einem amerikanischen Geistlichen. Der erzählte ihm von der Auferstehung allen Fleisches. Seitdem verging kein Frühjahr, wo der alte Ozuma, gläubiger als jeder Christ, auf die Auferstehung allen Fleisches wartete. Auf die Auferstehung aller, die ihm gestorben waren, auf die Auferstehung seiner eigenen Jugend und Lei-

beskraft und auf die Auferstehung seiner feurigsten Liebeserinnerungen.
Es war heute einer der letzten Frühlingstage, und Ozuma hatte sein Haus wie immer weit offen. Der alte Teewirt und dessen Frau drüben bemerkten, als sie an diesem Morgen ihre papiernen Hauswände aufschoben, daß der alte Mann plötzlich über Nacht schwarze Haare bekommen hatte, schwarze Augenbrauen und rote, sehr rote Wangen und rote, sehr rote Lippen. Der Wirt und die Wirtin kicherten, wie Mäuse, die über ein Stück Speck hüpfen, und sie stießen sich gegenseitig mit den Ellenbogen an. Aber sie sagten nichts zueinander, sie wechselten nur einen Blick.
Die Wirtsfrau bürstete die roten Wolldecken, worauf die Fremden am Nachmittag sitzen sollten, der Wirt kauerte sich hinter seine Rechenmaschine, schob die bunten Holzperlen hin und her und lachte in sich hinein. Als es Nachmittag wurde, hatten der Wirt und die Wirtin schon ganz vergessen, daß Ozuma sich künstlich jung gefärbt hatte; sie fanden seine Farbe schon natürlich und waren selbst wie um sechzig Jahre verjüngt bei Ozumas Anblick. Der Wirt holte ganz in Gedanken seine Okarina hervor und pfiff ein Lied, das er seit sechzig Jahren nicht mehr gepfiffen hatte. Die Wirtin steckte sich eine rote Nelke aus ihrem Nelkentopf ins Haar und lachte jeden Augenblick zu Ozuma hinüber, wie vor sechzig Jahren. Damals war sie Tänzerin in Nagasaki gewesen und hatte manche Nacht vor dem reichen Ozuma in den Teehäusern des Freudenviertels von Nagasaki getanzt. Ozuma aber saß drüben vor seinem bronzenen Aschentopf, in seinem offenen Haus auf der gelben Strohmatte, und lachte wie immer mit tausend Falten, trotzdem er wie immer traurig war. Hinter

ihm strahlte der Kirschblütengarten im grauen Regentag wie in rosa bengalischer Beleuchtung. Der Luftzug des Abends trieb ein Blütengestöber in das Haus, so daß es auf einmal nicht mehr leer schien. Die Fremden, die den ganzen Nachmittag die Bergstraße heraufgefahren waren, kehrten jetzt um, und als die letzte Rikscha den Berg hinunterrasselte, saß der alte junggeschminkte Ozuma immer noch hinter seinem Aschentopf und rührte sich nicht. Er ist eingeschlafen, sagte das Auge des Wirtes drüben im Teehause zum Auge der Wirtin, und sie blinzelten einander zu und verstanden sich. Wir wollen warten, bis er aufwacht, antwortete die Wirtin ihrem Mann, indem sie sich auf eine der rotwollenen Decken niederkauerte und sich ihre kleine Pfeife anzündete. Der Wirt tat, wie seine Frau wollte, und hockte sich neben sie, und beide rauchten schweigend und hüteten sich, die Asche am Aschengefäß laut auszuklopfen, um den Nachbarn Ozuma nicht zu wecken.

Und nun geschah etwas, was niemand weiß, niemand gesehen hat als nur ich, der ich euch das erzähle.

Der junggeschminkte Ozuma stand plötzlich auf und kam über die Straße herüber in das Teehaus; seine Augen knisterten vor Vergnügen, als er zu der Wirtin sagte: »Mondscheinchen, du sollst tanzen wie früher.« Die alte Wirtin lispelte etwas, das war leiser als das Grasrascheln. Sie stand verschämt auf, von ihrem Blut verjüngt beschienen wie ein Kirschgarten, und sie hob den Saum ihres Kleides ein wenig über die Fußspitze hinauf und begann zu tanzen, aber der Wirt, ihr Mann, stand gelb im Gesicht wie ein Büschel brennendes Bambusstroh da und trat zornig dazwischen und sagte: »Das ist mein Weib und nicht deines, Ozuma. Mein Weib tanzt nicht mehr für dich, auch wenn du ihr alle Schildkrötenschalen aus dem Nagasakiwasser in Gold

gefaßt zu Füßen legst. Scher dich fort, Ozuma, ich teile mein Weib nicht mit deinem Geldsack.«
Ozuma aber klatschte in die Hände, dreimal, da kamen sechs Kulis hinter der Hausecke vor und warfen dem Wirt Holzasche in die Augen, banden ihn und legten ihn mit dem Gesicht auf den Boden, damit er nicht zusähe, wie seine Frau vor Ozuma tanzte. Ozuma sog begierig die Luft ein von dem Haar, von der Haut und von dem Seidenkleid der Frau. Aber er beherrschte sich und bat um nichts weiter als um die Nelke, die die Frau im Haar trug. Die Frau aber verweigerte ihm die Blume und sah Ozuma nicht mehr an. Da stand Ozuma auf und legte einen Beutel mit Gold, einen Schmuckkasten aus Schildkrot und eine weiße Korallenkette auf die Strohmatte neben den gebundenen Wirt. Ozuma selbst band dann den Mann los und sagte klagend zu ihm: »Erschlage mich, Nachbar, ich liebe deine Frau, aber sie liebt mich nicht.« – Der Wirt rieb sich die Asche aus den Augen und sagte: »Sie liebt dich nicht, Ozuma, darum sollst du leben, hundert Jahre und mehr leben und dich nach ihr totsehnen. Nimm nur dein Gold, deine Geschenke, ich erschlage dich nicht, nicht um alles Gold in der Welt.«

NACHWORT

> Denn eine andere Exotik spricht aus ihm viel kräftiger als die entlegener Länderstriche, welche dieser Dichter gern in den gleichen satten Farben schildert, mit denen schon die Heimat ihn berauscht. Was diesem Buch den Hauptreiz gibt, das ist, um es mit einem Wort zu sagen, die Exotik des Jugendstils.
>
> *Walter Benjamin*

Der Exotismus steht in der deutschen Literaturgeschichte nicht hoch im Kurs. Ihm haftet etwas Eskapistisches an: schon Goethe bekam diesen Vorwurf zu hören, als er sich vor dem patriotischen Enthusiasmus der Befreiungskriege auf seinen *Westöstlichen Divan* zurückzog und damit die durch Napoleons Ägyptenfeldzug ausgelöste Orientbegeisterung poetisch auf den Begriff brachte. Den gleichen Vorwurf haben die engagierten Autoren des Vormärz zwanzig Jahre später Fürst Pückler-Muskau gemacht, der den Orient nicht nur in der Phantasie durchstreift hatte – ohne zu bedenken, wieviel Zeit- und Gesellschaftskritik der Restaurationsepoche in dessen satirische Reiseberichte eingegangen war: »Baschkire oder Mandschu – / Was schiert mich deine Welt? / Ich schleudre meinen Handschuh / Dir in dein ödes Zelt«, schrieb Georg Herwegh in den *Gedichten eines Lebendigen*, die schon im Titel auf Fürst Pücklers *Briefe eines Verstorbenen* anspielen.

Der von Herwegh erhobene Vorwurf des Eskapismus ist

genauso alt wie die Literaturgeschichte: von den Rokoko-Idyllen des 18. Jahrhunderts über die romantische Flucht ins Mittelalter bis zu Adalbert Stifter, Hermann Hesse und Peter Handke ist die dichterische Phantasie immer wieder aus einer als bedrückend empfundenen Gegenwart in imaginäre Wunschräume ausgewichen. Was den Exotismus von ähnlichen Absetzbewegungen unterscheidet, ist die Tatsache, daß er das Ziel seiner Sehnsucht, die blaue Blume der Romantik, nicht jenseits von Raum und Zeit sucht, in Blochs utopischer »Heimat, wo noch keiner war«, sondern in die geographische Ferne projiziert:
»Das ist der Fluch und zugleich die Wollust des Reisens, daß es dir Orte, die dir vorher in der Unendlichkeit und in der Unerreichbarkeit lagen, endlich und erreichbar macht. (...) Hast du aber den Ort einmal reisend mit deinem Leib erreicht und wirkliche Tage dort erlebt, so bist du dem Gefängnis der Wirklichkeit verfallen. (...) Du bist verdammt, ihn ewig genau so zu sehen, wie er sich dir auf der Reise gezeigt hat. Dies ist der Fluch, der die Seele des Reisenden belastet. Die Flügel der Geistigkeit werden ihm von der Wirklichkeit beschnitten. Der Vielgereiste haftet mehr an der Erde als der Niegereiste. Er erscheint mir sterblicher als die übrigen Sterblichen.
Es gibt eine einzige Möglichkeit, den Wirklichkeitsbann des Reisens zu durchbrechen und abzuschütteln. Das geschieht, wenn wir unsterbliche Erlebnisse heimbringen; wenn sich das Schicksal des Reisenden mit Menschenschicksalen fremder Orte so verknüpft, daß der Ort, die Landschaft, das Gesehene ganz an Bedeutung verlieren, in *Nichts* sinken und das am eigenen Schicksal Erfahrene Zeit, Ort und Wirklichkeit überragt.«

(Max Dauthendey: *Himalajafinsternis*)

Der früh verstorbene Dichter, der diese Zeilen schrieb, ist nach kurzem, euphorischem Erfolg vor, während und nach dem Ersten Weltkrieg heute fast vollständig in Vergessenheit geraten; die Titel seiner Bücher, die bis in die dreißiger Jahre hinein zahlreiche Neuauflagen erlebten, sind nur noch Experten und Liebhabern exotisch-erotischer Literatur bekannt.

Max Dauthendey wurde am 25. Juli 1867 in Würzburg geboren als Sohn einer russischen Mutter und eines deutschen Vaters, der in Petersburg ein fotografisches Atelier eröffnet hatte. In seiner Jugend streifte Dauthendey als dichtender und malender Bohémien kreuz und quer durch Europa, von Skandinavien bis nach Sizilien. 1898, nach dem Tod des Vaters, wanderte er mit seiner schwedischen Frau nach Mexiko aus, von wo er bald darauf ohne Geld, aber mit Gedichten und dem Anfang eines Romans im Gepäck, nach Deutschland zurückkehrte. 1906 unternahm Dauthendey seine erste Weltreise, die ihn von Ägypten über Indien und Ceylon nach Japan und von dort quer durch die Vereinigten Staaten nach Europa zurückführte. Eine solche Fahrt, die zu Lebzeiten Alexander von Humboldts und Adelbert von Chamissos viele Monate oder Jahre in Anspruch nahm, ließ sich nach Eröffnung des Suez- und bald darauf des Panamakanals mit Dampfschiff und Eisenbahn in wenigen Wochen bewerkstelligen, wie dies Jules Verne in seinem Roman *In achtzig Tagen um die Welt* erstmals beschreibt. Der literarische Ertrag von Dauthendeys Reise waren die Novellensammlungen *Lingam* und *Die acht Gesichter am Biwasee*, die ihren bisher mit Theaterstücken und Gedichten hervorgetretenen Verfasser rasch berühmt machten. Trotzdem stand Dauthendey, der seine Reisen aus eigener Tasche bezahlte und dabei

stets über seine Verhältnisse lebte, am Rande des Bankrotts, als er im Frühjahr 1914 erneut zu einer von der Schiffahrtslinie Hapag-Lloyd und seinem Verleger Langen finanzierten Weltreise aufbrach. Auf Java vom Ausbruch des Krieges überrascht, wurde er von den niederländischen Kolonialbehörden interniert und starb nach vierjährigem Exil, von Malaria geschwächt, kurz vor dem Waffenstillstand. Der Traum vom paradiesischen Leben in der Südsee endete für ihn als fiebergeschüttelter Alptraum in tropischer Kriegsgefangenschaft:
»Als er auf seine Reise ging, da war die Erde eine Farbenkugel, um die die luftigen Schleier neuer Sprache und neuer Dichterinbrunst flatterten«, schrieb Walter Benjamin, sein eigenes Schicksal unbewußt vorwegnehmend, in einer Rezension der Briefe von Max Dauthendey, die 1933 in der *Frankfurter Zeitung* erschien: »Doch als die Reise endete, da war die gleiche Erde rot gefärbt und in der Luft standen die Fluggeschwader, Bomben auf sie abzuwerfen. Das Leben hatte aufgehört, geräuschlos zu sein und selbst der Tod, es sei denn, daß man ihm in den Bergwäldern Tosaris begegnete, wo die Erde dies schwärmerische Leben mütterlich mit einem frühzeitigen Ende lohnte.«

Max Dauthendeys 1909 erschienener Erzählungsband *Lingam* ist ein Laboratorium der frühen Moderne. Alle miteinander konkurrierenden Stilrichtungen der künstlerischen Inkubationszeit vor dem Ersten Weltkrieg werden hier wie in einem Panoptikum vorgeführt. Die impressionistische *plein-air*-Malerei mit ihren raffinierten Lichteffekten wird virtuos gehandhabt, wobei Dauthendey, der sich selbst als Künstler versucht hat, die Farben lieber zu dick als zu dünn aufträgt; der folgende Text wirkt wie die literarische Umsetzung eines Gemäldes von Renoir oder Degas:

»Wie blaugraue Kreisel tanzten die langgezogenen Schatten des Korsos über die abendlichen kupferroten Rasenplätze der englischen Klubhäuser. Weißgekleidete Tennisspieler standen wie helle Gipsfiguren unter den papageienfarbigen Palmen. Das Meer lag neben der Wagenkette wie ein riesiger Silbertisch, und die Sonnenkugel war aus dem grünlichen Abendäther wie eine geschälte Blutorange auf die weiße Meeresplatte hingerollt.«

(*Unter den Totentürmen*)

Zur antibürgerlichen Schocktherapie des frühen Expressionismus dagegen paßt Dauthendeys Mordgeschichte *Likse und Panulla* mit ihren pubertären Sexualphantasien, der ästhetischen Faszination durch Blut und Kot, Tod und Verwesung, die an gleichzeitig entstandene Gedichte von Trakl oder an die *Morgue* von Gottfried Benn erinnert:

»Ich zündete zehn Streichhölzer nacheinander an. Beim ersten Streichholz sah ich, daß seine Kinnlade ihm herunterhing; beim zweiten sah ich seine Augen, die ihm wie gekochte weiße Fischaugen aus dem Kopf quollen. Zehnmal sah ich immer ein neues Stück von dem Toten. Die ersten fünf Male schauderte ich, aber die letzten fünf Male genoß ich den Toten neben mir wie eine Mahlzeit von fünf leckeren Gerichten. Ich wunderte mich, daß das Töten so unterhaltend war, und ich schlief kostbar befriedigt neben der Leiche ein ...«

Gleichzeitig bleibt Dauthendey dem Erbe des Naturalismus verhaftet. Die sozialdarwinistische Sicht des Menschen als blutrünstige Bestie erscheint nicht nur im Titel seines Romans *Raubmenschen*, sie zieht sich wie ein roter Faden – hier stimmt die abgegriffene Metapher – durch die Erzählungen des Bandes *Lingam*. Die in einem indischen Zoo spielende Novelle *Eingeschlossene Tiere* zum Beispiel liest sich wie eine Kreuzung aus Rudyard Kiplings *Mogli* (*Das Dschungelbuch*) und Rilkes Gedicht *Der Panther* – falls es so etwas gibt:

»Esthe kannte wohl die indischen Nächte voll Zikadengerassel und Affengeschrei; auch die Schreie der Schakale und das Gelächter vieler wilder Nachtvögel hatte sie gehört, aber diese langen, qualvollen Stoßseufzer eingeschlossener Tiere, welche die Lautwellen aufregten, daß die Blätter im Dunkel zischelten, diese inbrünstigen Sehnsuchtsschreie, langgezogen und schneidend, als müßten sie die Käfiggitter zersägen, dieses Blutgeheul der tierischen Frühlingswollust, dazwischen das Klirren der eisernen Gitterstäbe, die geschüttelt wie Ketten unter dem Freiheitsdrang wahnsinnig gewordener Bestien rasselten, das hatte Esthe noch nie gehört.«

Hierher gehört auch die ständig wiederkehrende Gleichsetzung von Menschen mit Tieren; trotz oder wegen der erotischen Faszination, die er beim Anblick nackter brauner Haut empfindet, ist Dauthendey gegen die Rassenvorurteile und den kolonialen Dünkel seiner Zeitgenossen nicht immun. Abgesehen von Japanern, denen er einen Sonderstatus zugesteht, schildert er die Einwohner Asiens, insbesondere Inder, Chinesen und Ceylonesen, nicht als Individuen, sondern als Kollektivwesen, die er mit wimmelnden Insekten vergleicht:

»Kaffebraune sehnige Singhalesen, dickblütig und üppig

genährt, nackt und nur von der Bräune ihres Leibes bekleidet, drängten sich auf den Bahnstationen in den Tälern gleich Herden brauner feister Maikäfer, die durcheinanderkrabbeln.«

»Er lebt in Colombo wie eine Fliege, die sich auf dem Zukker eines Fliegenpapiers berauscht und vollsaugt.«

(*Der Garten ohne Jahreszeiten*)

Zur Ideologie des Naturalismus, die den Menschen auf seine animalischen Instinkte reduziert, gesellt sich der neuromantische Symbolismus von Liebe und Tod, der als unüberhörbares Leitmotiv den Text durchzieht: »Menschen, die sich nicht im Blut lieben, lernen sich niemals kennen, nicht einmal der Tod kann ihre kühlen Gedanken einigen« – dieser Satz (aus Dauthendeys Erzählung *Unter den Totentürmen*) könnte ebensogut einer der frühen Novellen von Thomas Mann als Motto dienen (*Wälsungenblut*).

In seiner Rezension der Briefe von Max Dauthendey hat Walter Benjamin dessen Dichtung unter den Epochenbegriff des Jugendstils zu subsumieren versucht, für den in der Tat fast alle oben angeführten Stilmerkmale charakteristisch sind: das von Beardsley bekannte Motiv der tanzenden Salome findet sich bei Dauthendey (in der Erzählung *Dalar rächt sich*) ebenso wie das dazugehörige ornamentale Rankenwerk, dessen üppiger Wildwuchs das eingangs zitierte Motto von Walter Benjamin passend illustriert:

»Statt der Blumenbeete standen mannshohe bläuliche Porzellanvasen in langen Reihen dem Gartengitter entlang, gelb- und rotgefleckte Tigernelken wuchsen in Sträußen aus den Vasen. Schlanke Wandererpalmen mit pechschwarzen Fächerblättern brüsteten sich wie finstere Pfauen rund um die weiße Villa. Ein scharlachblühender Elektrinenbaum spreizte sich am Garteneingang. Das rote Gekröse der Blüten in der Luft leuchtete blutig wie die Schlachtbank eines Metzgers. Der Garten schien das Seelenleben der Kurtisane in seinen Farben zu spiegeln.«

(*Im blauen Licht von Penang*)

Der für den Jugendstil charakteristischen Pflanzenhaftigkeit widerspricht die entschiedene Modernität von Dauthendeys Welt, die selbst an den entlegensten Schauplätzen seiner Erzählungen von futuristisch anmutender Technik beherrscht wird. Eisenbahnen und Automobile prägen das Straßenbild nicht nur in Berlin und London, sondern auch im fernen Tokio:
»Das Rasseln der Eisenbahnräder, das Vorüberfliegen großer Plakatfiguren: gemalter Männer und Frauen, die an den Bahngeleisen amerikanische Fahrräder, deutsches Bier, englische Grammophone anpriesen, das eilige Leben in den eisernen Bahnhofshallen, alle die vorüberhastenden Eindrücke gaben der entmutigten Frau neuen Wirklichkeitsmut ...«

(*Die acht Gesichter am Biwasee*)

Selbst die kubistische Umkehrung der Perspektive, die, nach dem Vorbild afrikanischer Plastik, das Innere nach außen stülpt und Konvexes konkav erscheinen läßt, ist bei Dauthendey anzutreffen, wenn er schreibt: »und ihre Augen hingen ihr mit vielen Blicken nach allen Seiten wie die Beeren von dunklen Trauben in dem Kopf«.

(*Der Garten ohne Jahreszeiten*)

Während er in den auf Ceylon und in Indien spielenden Novellen des Bandes *Lingam* noch in erotischem Sinnenrausch und exotischer Farbenpracht schwelgt, hat Dauthendey in den *Acht Gesichtern am Biwasee* (1911) seine impressionistische Palette auf wenige Farbtöne reduziert; die sparsame Verwendung eines begrenzten Vorrats ständig wiederkehrender Motive und Metaphern macht die Faszination dieser Novellen aus.

Charakteristisch für den Japonismus in der Bildenden Kunst, dessen Einfluß von Gauguin und Toulouse-Lautrec bis zu Egon Schiele reicht, ist die Reduktion des Raums zur Fläche und die Vorherrschaft des dekorativen über das naturalistische Element: »Es sind farbige Silhouetten, Körper, die das Licht, ein scharfsinnig erklügeltes Licht, entmaterialisiert hat.« Dieser Satz aus Friedrich Perzynskis 1904 erschienenem Buch *Der japanische Farbenholzschnitt* läßt sich direkt auf Dauthendeys Schreibweise übertragen, die Landschaften und Menschen zu kalligraphischen Symbolen stilisiert:

»Die Welt, die immer im Türrahmen erscheint, wenn eine Schiebetür sich öffnet, wirkt im leeren Zimmer doppelt lebhaft als Landschaft oder als Mensch, der zu Besuch kommt; jeder Mensch wird zum lebenden Bild, wenn er sich zu dir auf die Leere der Diele zwischen die leeren Wände setzt.«

(*Die acht Gesichter am Biwasee*)

Japonismus und Jugendstil sind hier eine unauflösliche Verbindung eingegangen, wobei die Entstofflichung des Bildes mit seiner Erotisierung, ja Sexualisierung Hand in Hand geht:

»Die untergehende Sonne schminkte den Himmel wie das

Gesicht eines Freudenmädchens. Karminrosig und violett silbrig färbten sich alle Wolken über dem Biwasee, wie die fünftausend Mädchengesichter auf dem Liebesmarkt zu Tokio.«

Die Suche nach dem Gral, die Dauthendey über alle sieben Meere trieb, endet als Reise ins Ich, die Fahrt durch den Raum wird zum Fahrstuhl durch die Zeit, der in die eigene Kindheit zurückführt: die blaue Blume der Romantik blüht nicht auf den eisigen Hängen des Himalaya, sondern auf den sonnigen Hügeln von Würzburg, wo der Autor seine Kindheit verlebte. Das Licht ist der Hauptakteur seiner Erzählungen; und es ist der silberne Spiegel des Mains, dessen ferner Reflex als *Blaues Licht von Penang* aus Asien herüberscheint, wie der folgende Textvergleich zeigt:

»Das Würzburger Licht, das an den sonnigen Tagen von den Bergen wie eine blaue Elektrizität rund um die Stadt in den Himmel scheint, kommt mir immer vor wie aus einem Jubel geboren. Ist es die Stellung der Hügel, die wie Brennspiegel verteilt am Mainufer nach Süden gerichtet stehen? Oder ist es der lange flüssige Spiegel des Mains selbst, der das gewundene Maintal aufhellt, so daß es scheint, als flösse zwischen den Hügeln ein weißes Feuer, das, mit der Sonne vereint, die Weinbeeren an den Geländen kocht? (...) Die weise Heiterkeit Griechenlands, die zierliche und erdkräftige Schönheit Japans, die ich beide mit Leib und Seele kennenlernte, finde ich hier in Würzburg vereinigt.«

(*Heimat Würzburg*)

»In Penang herrscht über allen Dingen, über den Kalkwänden der Häuser, über den breiten Blattflächen der Palmen und über der Haut der Menschen ein ewiges blaues Licht. Immer ist eine Blässe dort über allem, wie ein beständiger Mondschein mitten im Sonnenschein. (...) Und die Bläue macht den Muschelkalk der Häuser transparent, als könnten die Menschenschritte hier durch die geisterhaften Wände gehen, als wäre die Stadt nur ein bläuliches unwirkliches Schlafbild mitten unter der wachen Tropensonne. Niemand hat das bläuliche Licht von Penang jemals erklärt, aber es ist immer da, und die eingeborenen Photographen malen selbst auf die Ansichtskarten, auf Gesichter und Landschaften diesen Mondschein im Sonnenschein.«

(*Im blauen Licht von Penang*)

Bibliothek Suhrkamp

Verzeichnis der letzten Nummern

820 Gustav Januš, Gedichte
821 Bernard von Brentano, Die ewigen Gefühle
822 Franz Hessel, Der Kramladen des Glücks
823 Salvatore Satta, Der Tag des Gerichts
824 Marie Luise Kaschnitz, Liebe beginnt
825 John Steinbeck, Die Perle
826 Clarice Lispector, Der Apfel im Dunkel
827 Bohumil Hrabal, Harlekins Millionen
828 Hans-Georg Gadamer, Lob der Theorie
829 Manuel Rojas, Der Sohn des Diebes
830 Jacques Stéphen Alexis, Der verzauberte Leutnant
831 Gershom Scholem, Judaica 4
832 Elio Vittorini, Erica und ihre Geschwister
833 Oscar Wilde, De Profundis
834 Peter Handke, Wunschloses Unglück
835 Ossip Mandelstam, Schwarzerde
836 Mircea Eliade, Dayan / Im Schatten einer Lilie
837 Angus Wilson, Späte Entdeckungen
838 Robert Walser, Seeland
839 Hermann Hesse, Sinclairs Notizbuch
840 Luigi Malerba, Tagebuch eines Träumers
841 Ivan Bunin, Mitjas Liebe
842 Jürgen Becker, Erzählen bis Ostende
843 Odysseas Elytis, Neue Gedichte
844 Robert Walser, Die Gedichte
845 Paul Nizon, Das Jahr der Liebe
846 Félix Vallotton, Das mörderische Leben
847 Clarice Lispector, Nahe dem wilden Herzen
848 Edmond Jabès, Das Buch der Fragen
849 Ludwig Hohl, Daß fast alles anders ist
850 Jorge Amado, Die Abenteuer des Kapitäns Vasco Moscoso
851 Hermann Lenz, Der Letzte
852 Marie Luise Kaschnitz, Elissa
853 Jorge Amado, Die drei Tode des Jochen Wasserbrüller
854 Rudyard Kipling, Das Dschungelbuch
855 Alexander Moritz Frey, Solneman der Unsichtbare
857 Thomas Bernhard, Beton
858 Felisberto Hernández, Die Hortensien
859 Martinus Nijhoff, Gedichte
860 Jurij Trifonow, Zeit und Ort
861 Shen Congwen, Die Grenzstadt
862 Ogai Mori, Die Wildgans
863 Karl Krolow, Im Gehen
865 Gertrud von le Fort, Die Tochter Farinatas
866 Joachim Maass, Die unwiederbringliche Zeit

867 Stanisław Lem, Die Geschichte von den drei geschichtenerzählenden Maschinen des Königs Genius
868 Peter Huchel, Margarethe Minde
869 Hermann Hesse, Steppenwolf mit 15 Aquarellen von Gunter Böhmer
870 Thomas Bernhard, Der Theatermacher
871 Hans Magnus Enzensberger, Der Menschenfreund
872 Emmanuel Boye, Bécon-les-Bruyères
873 Max Frisch, Biografie: Ein Spiel, Neue Fassung 1984
874 Anderson/Stein, Briefwechsel
875 Rafael Sánchez Ferlosio, Abenteuer und Wanderungen des Alfanhui
876 Walter Benjamin, Sonette
877 Franz Hessel, Pariser Romanze
878 Danilo Kiš, Garten, Asche
879 Hugo von Hofmannsthal, Lucidor
880 Adolf Muschg, Leib und Leben
881 Horacio Quiroga, Geschichten von Liebe, Irrsinn und Tod
882 Max Frisch, Blaubart
883 Mircea Eliade, Nächte in Serampore
884 Clarice Lispector, Die Sternstunde
885 Konrad Weiß, Die Löwin
886 Tania Blixen, Moderne Ehe
887 Jean Grenier, Die Inseln
888 Thomas Bernhard, Ritter, Dene, Voss
889 Max Jacob, Höllenvisionen
891 Peter Huchel, Die neunte Stunde
892 Scholem Alejchem, Schir-ha-Schirim
893 Ferreira Gullar, Schmutziges Gedicht
894 Martin Kessel, Die Schwester des Don Quijote
895 Raymond Queneau, Mein Freund Pierrot
896 August Strindberg, Schwarze Fahnen
898 E. M. Cioran, Widersprüchliche Konturen
899 Thomas Bernhard, Der Untergeher
900 Martin Walser, Gesammelte Geschichten
901 Leonora Carrington, Das Hörrohr
903 Walker Percy, Der Kinogeher
904 Julien Gracq, Die engen Wasser
905 Francesco Jovine, Die Äcker des Herrn
906 Richard Weiner, Spiel im Ernst
907 Gertrude Stein, Jedermanns Autobiographie
908 Pablo Neruda, Die Raserei und die Qual
909 Marie Luise Kaschnitz, Menschen und Dinge 1945
910 Thomas Bernhard, Einfach kompliziert
911 Alexander Kluge, Lebensläufe
912 Michel Butor, Bildnis des Künstlers als junger Affe
914 Wolfgang Koeppen, Der Tod in Rom
915 Catherine Colomb, Das Spiel der Erinnerung
916 Bohumil Hrabal, Sanfte Barbaren
917 Tania Blixen, Ehrengard
918 Bernard Shaw, Frau Warrens Beruf
919 Mercè Rodoreda, Der Fluß und das Boot

920 Adolf Muschg, Dreizehn Briefe Mijnheers
921 Jorge de Sena, Der wundertätige Physicus
922 Anatolij Kim, Der Lotos
923 Friederike Mayröcker, Reise durch die Nacht
924 Stig Dagerman, Deutscher Herbst
926 Wolfgang Koeppen, Tauben im Gras/Das Treibhaus/Der Tod in Rom
927 Thomas Bernhard, Holzfällen
928 Danilo Kiš, Ein Grabmal für Boris Dawidowitsch
929 Janet Frame, Auf dem Maniototo
930 Peter Handke, Gedicht an die Dauer
931 Alain Robbe-Grillet, Der Augenzeuge
934 Leonid Leonow, Evgenia Ivanovna
935 Marguerite Duras, Liebe
936 Hans Erich Nossack, Das Mal und andere Erzählungen
937 Raymond Queneau, Die Haut der Träume – »Fern von Rueil«
938 Juan Carlos Onetti, Leichensammler
939 Franz Hessel, Alter Mann
940 Bernard Shaw, Candida
941 Marina Zwetajewa, Mutter und die Musik
942 Jürg Federspiel, Die Ballade von der Typhoid Mary
943 August Strindberg, Der romantische Küster auf Rånö
944 Alberto Savinio, Maupassant und der andere
945 Hans Mayer, Versuche über Schiller
946 Martin Walser, Meßmers Gedanken
947 Ödön von Horváth, Jugend ohne Gott
948 E. M. Cioran, Der zersplitterte Fluch
949 Alain, Das Glück ist hochherzig
950 Thomas Pynchon, Die Versteigerung von No. 49
951 Raymond Queneau, Heiliger Bimbam
952 Hermann Ungar, Die Verstümmelten
953 Marina Zwetajewa, Auf eigenen Wegen
954 Maurice Blanchot, Thomas der Dunkle
955 Thomas Bernhard, Watten
956 Eça de Queiroz, Der Mandarin
957 Norman Malcolm, Erinnerungen an Wittgenstein
958 André Gide, Aufzeichnungen über Chopin
959 Wolfgang Hoffmann-Zampis, Erzählung aus den Türkenkriegen
961 August Scholtis, Jas der Flieger
962 Giorgos Seferis, Poesie
963 Andrzej Kuśniewicz, Lektion in einer toten Sprache
964 Thomas Bernhard, Elisabeth II.
965 Hans Blumenberg, Die Sorge geht über den Fluß
966 Walter Benjamin, Berliner Kindheit, Neue Fassung
967 Marguerite Duras, Der Liebhaber
968 Ernst Barlach, Der gestohlene Mond
969 Tschingis Aitmatow, Der weiße Dampfer
970 Christine Lavant, Gedichte
971 Catherine Colomb, Tagundnachtgleiche
972 Robert Walser, Der Räuber
973 Franz Rosenzweig, Der Stern der Erlösung

974 Jan Józef Szczepański, Ikarus
975 Melchior Vischer, Sekunde durch Hirn/Der Hase
976 Juan Carlos Onetti, Grab einer Namenlosen
977 Vincenzo Consolo, Die Wunde im April
978 Jürgen Becker, Felder
979 E. M. Cioran, Von Tränen und von Heiligen
980 Olof Lagercrantz, Die Kunst des Lesens und des Schreibens
981 Hermann Hesse, Unterm Rad
982 T. S. Eliot, Über Dichtung und Dichter
983 Anna Achmatowa, Gedichte
984 Hans Mayer, Ansichten von Deutschland
985 Marguerite Yourcenar, Orientalische Erzählungen
986 Robert Walser, Poetenleben
987 René Crevel, Der schwierige Tod
988 Scholem-Alejchem, Eine Hochzeit ohne Musikanten
989 Erica Pedretti, Valerie
990 Samuel Joseph Agnon, Der Verstoßene
991 Janet Frame, Wenn Eulen schrein
992 Paul Valéry, Gedichte
993 Viktor Šklovskij, Dritte Fabrik
994 Yakup Kadri, Der Fremdling
995 Patrick Modiano, Eine Jugend
997 Thomas Bernhard, Heldenplatz
998 Hans Blumenberg, Matthäuspassion
999 Julio Cortázar, Der Verfolger
1000 Samuel Beckett, Mehr Prügel als Flügel
1001 Peter Handke, Die Wiederholung
1002 Else-Lasker-Schüler, Arthur Aronymus
1003 Heimito von Doderer, Die erleuchteten Fenster
1004 Hans-Georg Gadamer, Das Erbe Europas
1005 Hans Jonas, Das Prinzip Verantwortung
1006 Marguerite Duras, Aurelia Steiner
1007 Juan Carlos Onetti, Der Schacht
1008 E. M. Cioran, Auf den Gipfeln der Verzweiflung
1009 Marina Zwetajewa, Ein gefangener Geist
1010 Christine Lavant, Das Kind
1011 Alexandros Papadiamantis, Die Mörderin
1012 Hermann Broch, Die Schuldlosen
1013 Benito Pérez Galdós, Tristana
1014 Conrad Aiken, Fremder Mond
1015 Max Frisch, Tagebuch 1966–1971
1016 Catherine Colomb, Zeit der Engel
1017 Georges Dumézil, Der schwarze Mönch in Varennes
1018 Peter Huchel, Gedichte
1019 Gesualdo Bufalino, Das Pesthaus
1020 Konstantinos Kavafis, Um zu bleiben
1021 André du Bouchet, Vakante Glut / Dans la chaleur vacante
1022 Rainer Maria Rilke, Briefe an einen jungen Dichter
1023 René Char, Lob einer Verdächtigen / Eloge d'une Soupconnée
1024 Cees Nooteboom, Ein Lied von Schein und Sein

1025 Gerhart Hauptmann, Das Meerwunder
1026 Juan Benet, Ein Grabmal / Numa
1027 Samuel Beckett, Der Verwaiser / Le dépeupleur / The Lost Ones
1028 Ulrich Plenzdorf, Die neuen Leiden des jungen W.
1029 Bernhard Shaw, Die Abenteuer des schwarzen Mädchens auf der Suche nach Gott
1030 Francis Ponge, Texte zur Kunst
1031 Tankred Dorst, Klaras Mutter
1032 Robert Graves, Das kühle Netz / The Cool Web
1033 Alain Robbe-Grillet, Die Radiergummis
1034 Robert Musil, Vereinigungen
1035 Virgilio Piñera, Kleine Manöver
1036 Kazimierz Brandys, Die Art zu leben
1037 Karl Krolow, Meine Gedichte
1038 Leonid Andrejew, Die sieben Gehenkten
1039 Volker Braun, Der Stoff zum Leben 1-3
1040 Samuel Beckett, Warten auf Godot
1041 Alejo Carpentier, Die Hetzjagd
1042 Nicolas Born, Gedichte
1043 Maurice Blanchot, Das Todesurteil
1044 D. H. Lawrence, Der Mann, der Inseln liebte
1045 Jurek Becker, Der Boxer
1046 E. M. Cioran, Das Buch der Täuschungen
1047 Federico García Lorca, Diwan des Tamarit / Diván
1048 Friederike Mayröcker, Das Herzzerreißende der Dinge
1049 Pedro Salinas, Gedichte / Poemas
1050 Jürg Federspiel, Museum des Hasses
1052 Alexander Blok, Gedichte
1053 Raymond Queneau, Stilübungen
1054 Dolf Sternberger, Figuren der Fabel
1055 Gertrude Stein, Q. E. D.
1057 Marina Zwetajewa, Phoenix
1058 Thomas Bernhard, In der Höhe, Rettungsversuch, Unsinn
1059 Jorge Ibargüengoitia, Die toten Frauen
1060 Henry de Montherlant, Moustique
1061 Carlo Emilio Gadda, An einen brüderlichen Freund
1062 Karl Kraus, Pro domo et mundo
1063 Sandor Weöres, Der von Ungern
1064 Ernst Penzoldt, Der arme Chatterton
1065 Giorgos Seferis, Alles voller Götter
1066 Horst Krüger, Das zerbrochene Haus
1067 Alain, Die Kunst sich und andere zu erkennen
1068 Rainer Maria Rilke, Bücher Theater Kunst
1069 Claude Ollier, Bildstörung
1070 Jörg Steiner, Schnee bis in die Niederungen
1071 Norbert Elias, Mozart
1072 Louis Aragon, Libertinage
1073 Gabriele d'Annunzio, Der Kamerad mit den Wimpernlosen Augen
1075 Max Frisch, Biedermann und die Brandstifter
1076 Willy Kyrklund, Vom Guten

Bibliothek Suhrkamp

Alphabetisches Verzeichnis